영매 소녀

박에스더 경장편

에피소드 1.
금기, 택일(禁忌, 擇日)

투두둑.

거친 빗방울이 중앙 현관 위 반투명 차양을 두드렸다. 이어폰을 통해 들리는 베이스 소리에 맞추어 나는 천천히 대걸레를 움직였다. 이번 주 청소 담당이니 닦는 시늉이라도 해야 했다.

서늘하고 습한 바람이 안개 퍼지듯 본관 뒷문에서부터 들어와 손과 팔, 목덜미와 머리칼을 감쌌다. 우리 학교의 본관 중앙 홀은 3학년들만 쓰는 별관의 현관과 복도로 쭉 이어져 있다. 별관 뒤로는 산이 하나 있고. 그러니 내가 있는 본관 중앙 홀에선 문들을 거쳐 뒷산이 보이는 셈이었다. 거기서부터 바람이 불었다. 불온한 기운을 품은 바람이었다.

흔들흔들.

여름의 숲은 밀도감이 높다.

빽빽한 숲은 뭐가 나와도 이상하지 않은 곳이다. 별관과 숲의 사이엔 왕벚나무가 경계선처럼 줄지어 있다. 덕분에 학교 공간은 벚나무 안쪽까지라는 느낌이 들었다.

숲에선 가끔 꿩과 오소리 같은 게 나왔다. 그보다 더 깊은 숲으로 들어가면 오래된 무덤과 서낭당을 볼 수 있다고 들었다.

오래된 도시 안에서도 이 산은 원도심에 가까운 곳이었다. 예전부터 소원이 있는 사람들이 이곳을 찾았다. 그들은 산에 소원을 빌었고 소원이 이루어지면 큰 상을 하나 차려 놓은 다음 뒤도 돌아보지 않고 내뺐다고 했다. 그건 소원을 들어줄 만큼 힘을 가졌지만 뒤까지는 믿고 맡길 수 없는 것들이 이곳에 살고 있었다는 이야기였다.

농밀한 시간의 흐름 속에서 많은 것들이 사라졌지만 소원을 비는 곳만큼은 아직까지도 남아 있었으므로 이 학교 앞 버스 정류장의 공식 명칭은 'Y여고(서낭당 앞)'이었다.

학교에 배정받고서 그 이름을 보았을 때, 얼마나 기가 차던지. 그렇게나 도망치고 싶던 곳에 덜컥 올라앉은 기분이었다. 돌아보니 높디높은 제사상 위였다.

훅.

물비린내가 났다. 이어서 물소리가 났다. 이어폰에서는 여전히 베이스의 둥둥거리는 음색이 흘러나왔지만 찰박거리는 물소리는 내 고막에 똑바로 꽂혔다. 그래도 나는 계속 대걸레를 움직였다.

누군가의 발자국이 남긴 물웅덩이에서 작은 그림자가 꾸물거리는 게 시야 끝에 걸렸다. 더는 보지 않으려고 했지만 손가락 한 마디보다 작은 그림자가 계속 물 자국에서 철벅였다. 슬쩍 핸드폰을 만지는 체하면서 그쪽을 보았다. 미끈하고 퉁퉁한 몸통에 달린 네 개의 다리가 쉼 없이 움직이며 찰박이는 소리를 냈다.

비린내가 더 심해졌다. 오랫동안 물속에서 불어 터진 해먹은 것에서 나는 냄새가 섞였다. 장마 기간에 어디선가 굴러들어 온 모양이었다. 작은 것이라 큰 해는 끼치지 못하겠지만 그래도 신경이 쓰였다. 어쩔까 고민하는데 소리가 들렸다.

짤랑. 짤랑. 짤랑.

내리는 비를 주렴인 양 걷어 내고 청명하게 쟁강이는 방울 소리.

짤랑.

나는 고개를 휙, 쳐들었다. 김기율. 그건 김기율만이 낼 수 있는 소리였다.

에피소드 1. 금기, 택일(禁忌, 擇日)

기율 선배는 어디에 있든 주목받는 존재였다. 사람에게도, 그리고 사람이 아닌 것에게도.

"아."

기회였다. 다른 애들이 등교하기엔 이른 시간이니 잘하면 선배와 단둘이 이야기를 나눌 수 있을지도 몰랐다. 얼른 학생들이 출입하는 서쪽 현관으로 가려는 순간, 다른 목소리가 톡 끼어들었다.

"기율 선배! 일찍 등교하시네요?"

목소리가 말풍선으로 보인다면 아마 모니카의 말풍선에는 리본과 하트, 반짝이가 가득할 것이다. 모니카는 1학년 중 몇 안 되는 방송부원 중 하나였다.

현관으로 막 들어오는 두 사람의 그림자가 비쳤다. 훤칠한 그림자는 기율 선배의 것이었다. 불을 켜 놓은 서쪽 현관에 선 둘의 모습은 무대 위 배우들처럼 선명하게 보였다.

"응. 모니카도 일찍 등교하네?"

낮고 듣기 좋은 기율 선배의 목소리가 복도를 타고 울렸다. 내리는 비 때문에 반향의 울림이 더 컸다. 그조차 꼭 기율 선배가 세심하게 계획해 놓은 것처럼 보였다. 그래, 내리는 비마저.

"저는 선도부한테 안 잡히려고요."

모니카가 샐쭉 웃으면서 파도처럼 구불구불한

머리칼을 슬쩍 들어 올려 귀에 가득한 피어싱을 보여 주었다.

"아, 그거."

"와, 알아보시는 거예요? 이거, 저 선배 인스타그램에서 보고 샀어요! 저번에 선배가 하신 게 너무너무 예뻐서!"

"너한테 더 잘 어울린다."

피식 웃는 소리와 함께 나온 대답에 모니카의 목소리는 반음 더 올라갔다. 기쁨이 천장을 뚫을 기세였다.

"진짜요?"

나는 언제 모니카가 말을 마치고 사라져 줄지 초조한 마음으로 기다렸다.

"그럼, 당연하지. 아, 이번에 너희들이 3학년 축원문을 써 준다면서? 이야기 들었어, 고맙다."

"아이, 뭘요. 선배의 축원문을 쓰게 돼서 얼마나 좋은데요! 영광이에요, 완전!"

"그래? 그렇게 생각해 주면 내가 더 고맙고. 축원문, 기대할게."

"열심히 할게요!"

모니카가 고개를 끄덕였지만 기율 선배는 그걸 보지 않았다. 3학년 별관 쪽에서 누군가 기율 선배의 이름을 불렀다.

에피소드 1. 금기, 택일(禁忌, 擇日)

"아, 나 이제 가 봐야겠다. 그럼, 안녕."

모니카가 아쉽다는 듯 잘 가라고 대답하는 소리가 들렸다. 나는 속으로 혀를 차며 다시 바닥을 바라보았다. 조그마한 그림자 역시 이미 사라져 있었다. 되는 일이 없었다.

"니카! 뭐야, 지금 기율 선배랑 이야기한 거?"

누군가 현관에 들어왔는지 모니카의 이름을 불렀다. 모니카가 부산스러운 목소리로 대답했다.

"야, 어떡해. 기율 선배가 나한테 직접 축원문 고맙다고 하셨어!"
"헐, 뭐? 진짜?"
"응, 진짜!"
"근데… 너 그거 아직도 못 썼잖아. 어쩌려고 그래?"
"몰라! 아니, 그게 내 탓이냐고."

나는 다시 한번 서쪽 현관을 보았다. 모니카가 짜증 난다는 듯 발을 구르는 모습이 시야에 들어왔다. 밝은 갈색 눈썹이 보기 좋게 찌푸려졌다. 저런 애들은 화를 낼 때도 예쁘게 냈다.

"난 분명히 정성 들여서 썼는데 다음 날만 되면 물에 젖어 있다고. 잉크는 다 번지고 종이는 울어 있고. 그게 내 잘못이야?"
"네가 관리 못 해 놓고 지금 딴말하는 건 아니지?"

"무슨 소리야! 나도 처음엔 보관을 잘못했는 줄 알고 몇 번이나 다시 썼다고. 그런데 다시 써 봐도 똑같아! 내가 고이고이 책 사이에 껴서 보관했는데."

"누가 일부러 적셨나?"

"한번은 내가 베개 밑에 놔두고 잔 적 있다? 그런데 그다음 날에도 어김없이 젖어 있었어."

"그럼 남은 이유는 하나네."

모니카가 바로 물었다.

"뭔데?"

"귀신 들린 거지."

모니카가 "야!" 하고 외치는 소리가 뒤를 이었다. 깔깔 웃는 소리가 났다.

"아. 농담, 농담. 근데 계속 젖으면 진짜 어떡하려고? 그냥 다른 애 보고 쓰라고 해."

"안 돼! 너 아까 뭘 들었냐. 기율 선배가 직접 내가 쓰는 걸 기대한다고 하셨다니까?"

"그럼 계속 쓰든지. 그거 제출일이 언제더라?"

둘의 목소리가 멀어졌다. 나는 천천히 어둠 속에서 나와 서쪽 현관으로 갔다. 방금 전까지 모니카가 서 있던 자리엔 둥그런 물웅덩이가 만들어져 있었다.

거기선 오래 고여 썩은 물비린내가 났다. 그저

에피소드 1. 금기, 택일(禁忌, 擇日)

보통의 빗물이 아니었다. 고개를 들어 모니카가 향한 방향을 보았다. 물에 젖은 발자국은 모니카의 뒤를 따라 쭉 이어져 있었다.

나는 현관에 서서 기율 선배가 들어간 별관과 모니카가 올라간 계단을 번갈아 가며 바라보았다.

1학년 3반.

Y여고에 입학이 결정되고 처음 이곳에 와 보니, 내 이름은 3반이라는 글자 아래 적혀 있었다. 가나다순으로 적힌 이름들 끝에서 '최은파'라는 내 이름을 찾았을 때 '아, 이제는 어쩔 수 없구나.'라는 생각이 들었던 걸 아직도 똑똑히 기억한다.

그건 짧은 내 인생의 중요한 시기마다 희미하게 덮쳐 왔던 자포자기의 심정이었다. 몇 번이나 느꼈던 감정인데도 도대체 익숙해지지가 않았다. 원하는 게 있지만 이룰 수 없다면 남은 선택지는 두 가지다.

죽기 살기로 원하는 길을 가든지, 아니면 단념하고 포기를 하든지. 죽기 살기로 노력해 봤자 다가올 미래는 오로지 죽음뿐이라는 걸 잘 알고 있었던 나는 늘 두 번째 길을 선택했다.

Y여고 기숙사로 짐을 옮기던 날은 희끄무레한

겨울 구름이 꿉꿉하게도 하늘을 잔뜩 메운 날이었다. 매서운 바람이 불고 무슨 일이라도 터질 것 같은 그런 날.

"이번 정류장은 Y여고, 서낭당 앞입니다. 하차하실 분은 벨을 눌러 주세요."

하차 벨에 빨간 불이 들어왔다. 무거운 캐리어를 겨우 내리자마자 버스는 거칠게 떠나 버렸다.

교문까지 올라가는 길은 가팔랐다. 가로수가 쭉 세워져 있는 언덕을 올라가야만 Y여고가 나왔다.

Y여고는 오래된 이 도시의 오래된 고등학교 중하나였다. 이 도시는 근방 열 몇 개의 다른 도시들보다 컸기에 학업에 관심이 있는 학부모들은 전부 이곳으로 애들을 보냈다. 중학교까지는 고향에서 다닌다고 해도 고등학교는 이쪽으로 나와서 다니는 게 보통이었다. 각자의 고향에서 날고 긴다는 애들이 이 도시에 모였다. 그렇게 고향과 본가를 떠나온 애들을 위해 이 도시의 고등학교에는 기숙사가 하나씩 있었다.

〈㊗Y여고 신입생 입학을 축하합니다㊃〉

일부러 연도를 쓰지 않아 내년에도 내후년에도 사용할 수 있게 만든 플래카드가 바람에 속절없이 휘날렸다.

에피소드 1. 금기, 택일(禁忌, 擇日)

여기로 오게 되지 않았으면 했다. 하지만 결국 떠밀려 왔다. 그럼 이젠 어쩔 수 없었다.

ㄱ자 형태의 3층 건물인 본관이 눈에 들어왔다. 1층은 불그죽죽한 팥죽색의 벽돌로 지어져 있었고 2층과 3층의 상아색 페인트는 칠을 언제 한 건지 벗겨져 가는 중이었다. 본관의 창문들은 모두 꼭꼭 닫혀 있었다. 네가 여기 온 것을 환영하지 않는다는 듯이.

캐리어를 잡은 손에 힘이 들어갔다. 하지만 곧 익숙한 단념이 스며들었다. 일단은 짐들을 기숙사 로비에 두고 입학식이 열릴 강당을 찾아가야 했다.

어둑어둑한 하늘 아래에서.

딸랑.

"신입생이니?"

방울 소리가 남과 동시에 세상이 확 밝아졌다. 비유가 아니라 실제로 그랬다. 나는 눈을 살짝 가느다랗게 떴다. 칙칙한 진회색빛 구름으로 가득했던 하늘이 딱 손톱만큼의 틈을 냈고 그 사이로 햇빛이 서늘한 밝음을 무턱대고 그 사람에게 내리꽂았다.

김기율. 기율 선배가 등장했다.

그래, 그건 등장이었다. 한 차례 조연들의 무대가 끝나고 나면 다른 모든 불이 꺼지고 오로지 핀 라이트 하나만 한 사람을 향해 뚝 떨어져 '이 사람은 중요한 사람입니다.'라고 암시해 주는 것처럼,

뜨겁지만 차가운 겨울 햇살이 김기율에게 닿아 부서졌다.

잘게 부서진 조각들이 마지막으로 비명처럼 빛을 냈다.

기율 선배는 어디서나 눈에 띄었다. 그건 비단 선배의 훤칠한 키나 짧게 친 머리카락 아래로 뻗은 흰 목덜미나 완벽한 좌우대칭을 이루는 얼굴 때문만은 아니었다.

흔히 쓰는, 사람 같지 않게 예쁘다는 말이 선배에게는 딱 어울렸다. 날렵하게 각 잡힌 턱과 광대뼈가 아래쪽에 살짝 드리우는 그늘까지 아름다웠다. 이목구비 모두를 휘어잡고 있는 건 선배가 풍기는 서늘한 느낌이었다. 날카롭게 날이 선 칼끝의 시퍼런 서슬 같은 기운이 온몸에서 뚝뚝 흘러나왔다.

아주 무섭고 위험하다는 인상을 주는 기운이었으나 그 때문에 기율 선배에게서 눈을 뗄 수 없었다. 마주칠 때마다 심장이 두근거려서 종내는 내가 어떤 감정에 빠진 건지 혼란스러울 지경이었다.

낭중지추라고 고작 주머니 속의 송곳도 그렇게

에피소드 1. 금기, 택일(禁忌, 擇日)

눈에 띈다는데 김기율은 커다란 칼이었다. 그것도 곱게 갈아 날이 바짝 선 큰 칼. 그런 게 옆에 있으면 위협을 느껴서라도 한 번 더 보게 되기 마련이었다. 그러니 시선을 보내지 않을 수가 없었다.

정전기가 섞인 바람이 훅 나를 스쳐 지나갔다. 따끔한 느낌에 팔을 벅벅 문질렀다. 진한 그림자가 기율 선배의 발치에 동그마니 떨어졌다. 어둑한 하늘을 배경으로 쏟아지는 햇살을 혼자서 모조리 받고 있는 그 사람의 이름이 김기율이라는 사실을 알게 된 건 반 배정식이 채 끝나기도 전의 일이었다. 배정식 내내 앉아 있는 신입생들 사이에서 그 선배의 이름과 함께 그가 어디서 길거리 캐스팅이 되었었다느니 인스타그램 팔로워 수가 몇십만 명이라느니 하는 이야기가 쫙 깔렸으니까.

그런 사람이 지금 내게 신입생이냐고 물었다.

"네, 그런데요⋯."

유명한 사람과 말을 섞는 데 면역력이 없었기에 대답하는 내 목소리는 기어들어 갔다. 나는 눈을 끔벅거렸고 기율 선배가 성큼성큼 다가왔다.

딸랑딸랑딸랑.

뭔가를 경고하듯 귓가에서 방울 소리가 났다. 하지만 나는 덫에 걸린 쥐처럼 움직일 수가 없었다. 선배가 나를 들여다보았다.

선배의 희디흰 흰자와 대비되는 새카만 눈동자는 꼭 먹물을 듬뿍 머금은 붓으로 한 번에 찍은 듯이 검었다. 그 시선이 내 뺨이며 종아리에 닿아 그 부근의 피부가 징징 울렸다.

그래, 꼭 날이 바짝 선 칼이 닿은 것처럼.

선배의 시선은 내 입술을 진득하게 훑었다. 나는 선배가 바라보는 내 입술을 앙다물어 안으로 숨기고 싶었다. 하지만 그럴 만한 용기가 없어 가까이 다가온 선배의 와이셔츠 자락 사이에서 풍기는 향수 냄새를 그저 가만히 맡았다.

물 냄새와 풀 향이 섞여 있는 묘한 향기가 내 폐 안쪽 어딘가를 간지럽히는 느낌이 들었다. 가까이 온 선배의 입꼬리가 움직였다. 웃는 것 같았다. 나는 겨우겨우 눈을 들어 선배의 미소를 반쯤 바라보았다. 다 쳐다보기엔 어쩐지 부끄러웠다.

"예쁘네."
"예…?"

갑작스러운 말에 얼빠진 목소리가 나왔다. 기율 선배가 한 걸음 더 나에게 다가왔다.

와이셔츠 목깃 아래 선배의 은색 목걸이가 보였다. 피부에 착 달라붙는 은색 줄은 선배의 하얀 목덜미와 아주 잘 어울렸다.

에피소드 1. 금기, 택일(禁忌, 擇日)

"저번 입학식에서, 너만 보였어."

선배의 손가락이 내 머리칼을 슬쩍 만졌다. 아무 의미도 없다는 듯, 아주 여상스러운 움직임이었다.

"왼쪽 끝에 서 있었지?"

며칠 전 있었던 입학식.

강당 1층엔 신입생들이 저마다의 불안하고 초조한 표정을 지은 채 서 있었고 그런 신입생들을 빙 둘러 강당의 2층에 2, 3학년들이 서 있었다.

"올해 Y여고에 입학한 신입생 여러분, 진심으로 반갑습니다. 우리 Y여고는 경천, 애인의 정신으로⋯."

웅웅 울리는 스피커의 소리. 그리고 똑같은 교복과 비슷한 머리들.

나조차도 누가 누군지 구분 못 했을 그 무리 안에 있는 나를 선배가 봤다는 건가?

말도 안 되는 소리였다. 하지만 선배의 말대로 나는 정말 왼쪽 끝에 서 있었다. 커다란 창문으로 들어오는 햇빛이 너무 강하다고 생각하면서, 오늘 처음 입은 교복의 깃 부분이 까끌하다고 느끼면서.

"그, 그렇긴 한데요."

선배가 다시 한번 웃었다. 그제야 난 그 얼굴을

겨우 바라볼 수 있었다.

김기율의 미소는, 쏟아지던 햇살보다 환하고 강렬해서 나는 순간적으로 숨을 어떻게 쉬는지를 잊어버렸다. 관심과 찬사를 받으며 태어나 오랜 시간 동안 계속 사랑을 한 몸에 받은 자들만이 가질 수 있는 아우라가 단번에 나를 사로잡았다.

선배가 웃으면서 슥 손을 내밀어 내 입술을 꾹 눌렀다. 차가운 선배의 손가락이 입술을 당겼고 입 안으로 겨울바람이 휙 들어왔다.

혹은, 선배의 숨결이.

선배는 휘파람을 불듯 동그랗게 입술을 모으고 있었다.

"어쩐지. 한눈에 들어오더라. 이름이…."

선배가 살짝 고개를 비스듬히 숙였고 나는 덥석 대답했다.

"최은파요."

"최은파. 은파…."

선배의 입술에서 내 이름이 흘러나왔다. 어쩐지 부끄러운 느낌이 들었다. 선배의 입에서 나온 이름 은 꼭 내 것이 아닌 것 같았다.

"기억해 둘게."

에피소드 1. 금기, 택일(禁忌, 擇日)

왜요?

그때 그렇게 물었어야 했다. 했어야 했던 질문은 그대로 내 안에 남아서 나를 괴롭혔다.

한 번쯤은, 왜냐고 물어보고 싶었다.

왜 나를 기억하겠다고 했어요? 왜 내가 한눈에 들어왔다고 했어요? 왜? 왜?

그 대답을 듣고 싶어서 나는 지금까지.

다시 1학년 3반.

이제는 교실 문 앞까지 왔다. 입학식을 한 지 어느덧 반년이 지난 시점이었다. 하지만 나는 아직까지 기율 선배의 근처에도 가지 못했다. 몇 번이나 기회를 노렸지만 나와 기율 선배의 입장은 하늘과 땅만큼이나 차이가 났다. 이 도시에 사는 사람보다 더 많은 사람이 기율 선배의 이름을 알았고 그에 비해 나의 인지도는 같은 반 애들조차 내 이름을 알고 있는지 의심스러운 수준이었다. 익숙한 일이었다.

찰박.

문 아래를 보았다. 축축이 젖어 있는 발자국이 다시 눈에 띄었다.

'아까 모니카, 기율 선배랑 친해 보였지.'

기율 선배는 모니카가 속해 있는 방송부의 부장이니 둘이 이야기할 시간이 많을 것 같기는 했다.

축원문.

모니카가 말한 축원문이라는 건 우리 학교의 전통 중 하나로 3학년을 위한 기원을 후배들이 응원하듯 적어서 걸어 놓는 글이다. 주로 수능 대박이라는 문구를 단 종이들을 본관과 별관을 잇는 복도에 죽 달아 놔서 3학년이 오가며 읽을 수 있게 했다.

꽤 본격적인 행사인 모양인지 작년 3학년 선배들 전원이 축원문 달린 복도를 배경으로 찍은 사진들이 졸업 사진으로 남아 있었다. 나름 큰 행사에 참여할 기회를 나서기 좋아하는 모니카가 놓칠 리 없었다.

교실 문을 열자 이쪽으로 쏠렸던 시선은, 들어온 사람이 나라는 걸 확인하자마자 바로 흩어졌다.

나는 가방을 자리에 놓고는 슬쩍 모니카 쪽을 봤다. 한숨을 푹푹 내쉬던 모니카가 자리에서 일어났다. 얼른 그 뒤를 따랐다. 다행히 복도에는 아무도 없었다.

"모니카."

목소리가 갈라져 나왔다. 모니카가 눈썹을 찡그

에피소드 1. 금기, 택일(禁忌, 擇日)

린 채 나를 보았다.

"나, 같은 반 최은파야."

어이없다는 듯 모니카가 입을 열었다.

"그 정도는 나도 알아. 뭔데?"

기율 선배 앞에서 들려줬던 목소리와는 전혀 다른 목소리로 모니카가 물었다. 나는 다시 한번 복도를 살폈다. 모니카가 짜증 난다는 듯 먼저 입을 열었다.

"야, 저번에 네 체육복 가져간 사람 나 아니다. 헛다리 짚지 마."

"어?"

모니카가 한쪽 눈썹을 들어 올렸다.

"그것 때문에 이렇게 눈치 보는 거 아니었어?"

"아, 아니야. 나는 다른 이야기를 하려고…."

"그럼 왜 부른 거야."

나는 모니카의 실내화 아래 생긴 물웅덩이를 힐 끗 내려다보았다. 물론 모니카에게는 보이지 않는 물웅덩이였다.

"축원문이 계속 젖는다고 했지?"

"그 이야기는 어디서 들었냐?"

질색하는 목소리로 모니카가 물었다. 아까 기율

선배와 나눈 대화를 엿들었다고 할 수는 없어 얼른 둘러댔다.

"어제 자율 시간에 다른 애들이랑 말하길래."

"그런데 뭐. 네가 뭘 할 수 있다고?"

"내가 너, 도와줄게."

"도와줘?"

기가 막힌다는 표정으로 모니카가 나를 한 번 훑어보았다. 그럴 만도 했다. 맨날 음침하게 혼자 다니는 애가 갑자기 도와주겠다느니 말하며 다가오면 나도 믿지 않을 테니까.

"뭔 소리야, 진짜. 야···."

"넌 그냥 한 번 더 축원문을 쓰기만 하면 돼. 어차피 써야 하잖아. 이번엔 내가 안 젖게 도와줄게."

짜증을 내려던 모니카가 내 말에 팔짱을 꼈다. 유난히 밝은 다갈색인 모니카의 눈동자가 나를 살폈다.

"나쁠 거 없지 않아?"

모니카가 상체를 내 쪽으로 기울였다. 아찔하게 말려 올라간 속눈썹이 내 코앞에서 팔랑였다.

"아, 이런 느낌, 아주 많이 찝찝한데."

그렇게 말하는 모니카의 입술은 비뚜름하게 어

굿나 있었다. 휙, 모니카의 상체가 다시 제자리로 돌아갔다.

"하지만 뭐, 내가 잃을 건 없으니까. 다시 쓰기만 하면 돼?"

왠지 모르게 상황을 즐기는 듯한 목소리였다. 잠깐 어리벙벙하게 서 있던 나는 자세를 가다듬고 모니카를 보았다.

"응. 그리고 그 축원문을 나한테 좀 줘."
"알겠어. 재밌네. 네가 무슨 수로 그걸 안 젖게 만들겠다는 건지."

생글생글 웃는 얼굴로 모니카가 말을 이었다.

"그럼 오늘 수업 시간 끝나고 내 자리로 와."

가볍게 손을 흔들곤 모니카가 통 튀어 나갔다. 그제야 나는 몇몇 애들이 이쪽을 바라보고 있었다는 걸 깨달았다. 얼른 교실 문을 열고 제자리로 돌아갔다. 한 번도 해 보지 않았던 일에 뛰어든 탓에 내 심장이 세차게 뛰고 있었다.

'아, 도와주는 대신 기율 선배랑 이야기하는 자리 좀 만들어 달라고 부탁하는 걸 깜박했잖아.'

뒤늦은 후회가 밀려왔다.

학교는 기묘하다.

엄청난 기운을 발산하는 나이의 애들이 가득한 곳이니 그렇게 될 수밖에 없지만.

중학교 때 사고로 죽은 아이의 운구차가 운동장을 한 바퀴 돌고 나간 적이 있다. 죽은 애의 이름도 얼굴도, 그제야 알게 되었다.

그 애가 나를 붙잡아 놓고 깨진 수박 같은 머리를 내밀며 계속 말을 걸었으니까.

보지 말아야 할 것을 본다는 건 그런 의미다. 그들의 기운이 자꾸 내 생활을 침범했다. 이승에 남아 보려고 발버둥을 치는 귀(鬼)들의 기운은 사방팔방으로 치솟는 10대들의 기운과 일면 닮아서 자꾸만 헷갈렸다. 친구의 얼굴을 뒤집어쓰고 나타난 귀에게 홀려 밤새도록 강어귀를 돌아다니고 나니 이대로는 안 되겠다는 생각이 들었다.

엄마는 내가 초등학교 5학년이었을 때 죽었고, 그 후 나는 외할머니 밑에서 나머지 초등학교 시절을 보냈다. 외할머니는 종종 그렇게 말했다.

"쫌만 더 참아라. 어른이 되면 그나마 나아진다. 아직은 그릇이 덜 자라서 그런 거니 크면 된다."

하지만 내 마음은 늘 조마조마했다. 엄마의 피를 이어받아 너무 많은 업보를 짊어지고 태어났다. 그

에피소드 1. 금기, 택일(禁忌, 擇日)

업보가 내 그릇 밖으로 넘쳐 흘러내릴까 봐 항상 전전긍긍해야만 했다.

내 처지는 없는 척할 수도 없고 누군가의 도움을 받아 갚을 수도 없는 부모의 빚을 물려받은 거나 다름없었다. 가난은 티가 난다. 내 가난은 돈으로 해결되지 않는 것이라, 나는 늘 빈티가 줄줄 흘렀다. 스스로도 그걸 잘 알고 있었다.

"예쁘네."

그런데 그렇게 빛나는 사람이 나에게 처음으로 예쁘다는 말을 해 주었다. 한눈에 들어온다고. 우리 엄마도, 할머니도 해 주지 않았던 말이었다.

그럼 어떻게 하나. 그 사람이 누구든 잡아 보려고 노력할 수밖에 없었다.

"… 이런 일을 해서라도 말이지."

모니카에게서 받은 축원문을 가지고 온 곳은 예전에 가사 실습실로 사용하던 교실이었다. 지금은 쓰지 않는 곳이다.

"자."

축원문을 넓은 식탁 위에 펼쳐 놓고는 싱크대에 물을 받았다.

"빨리 나와라. 얼른 끝내자."

가방에서 천으로 만든 수저통을 꺼냈다. 주황색 능소화가 수놓인 수저통은 엄마의 것이다. 그 안에서 꺼낸 은젓가락도 엄마의 것이고. 모니카의 일을 처리해야겠다는 생각이 들자마자 기숙사 방 한쪽에 쌓아 뒀던 짐들 사이에서 꺼내 왔다.

밖에는 아직도 비가 내렸고 빗방울이 오래된 창문을 통통 때렸다. 에어컨이 켜지지 않는 가사 실습실 안은 후덥지근했다. 나는 삐걱이는 스툴형 의자에 앉아 젓가락을 손에 들고 싱크대에 받아 둔 물의 표면을 가만히 노려보았다.

하나, 둘, 셋.

다시 하나, 둘, 셋.

기다리다 보면 저 높은 하늘에서 비명을 지르며 쏟아지는 빗방울 소리가 점점 느려지는 순간이 찾아온다.

엄마는 그것을 몰입이라고 불렀다. 어릴 때 종종 엄마와 몰입 놀이를 하곤 했다. 그때마다 우리는 느려지는 찰나의 순간을 길게 길게 만끽했다.

느려지는 시간 속에서 나는 더 많은 것들을 이해한다. 그건 쓱 읽어 내린 텍스트보다 천천히 시간 들여 읽은 텍스트가 더 기억에 남고 그 안에서 더 많은 정보를 얻는 것과 똑같다. 나는 같은 세상의 다른 사람들보다 많은 것을 봤고 그중에는 보지 말

에피소드 1. 금기, 택일(禁忌, 擇日)

아야 할 것들도 있었다.

퐁.

수면이 일렁였다. 바람이 한 번 낮게 쓸고 간 것처럼 일렁이는 자리가 점점이 이어졌다. 나는 끈질기게 기다렸다. 엄마라면 당장에 저것을 잡을 수 있었을 테지만 내 실력은 아직 그 정도는 아니다. 좀 더 모양새가 확실해진 후에야 잡을 수 있었다.

축축하고 미끈한, 거무튀튀한 무언가가 싱크대의 벽면에 발자국을 남겼다. 아주 작은 네 개의 발자국이다. 투명한 꼬리와 물고기 같은 유선형의 몸체, 그리고 네 개의 다리….

"아."

물에서 나온 그것이 넓은 식탁을 가로지르며 축원문을 향했다. 한 발자국 움직일 때마다 투명한 꼬리가 짧아졌다.

개골.

축원문 앞에 선 그것이 만족스럽다는 듯 턱을 살짝 부풀리고 개굴거리는 소리를 냈다. 그것의 가로로 찢어진 검은자위가 축원문을 향했다. 나는 젓가락을 든 채 적절한 타이밍이 언제일지 가늠했다.

포물선이 두 개.

하나는 은젓가락이 그리는 날카로운 선이고 다

른 하나는 개구리가 만들어 내는 선이다.

미안하지만 개구리야, 네가 뛰어드는 곳은 축원 속이 아니라 죽음 속이란다.

"깨골!"

아까보다 큰 울음소리가 났다. 젓가락 사이에서 개구리는 네 개의 발을 휘저었지만 나는 손아귀에 힘을 딱 주고 버텼다.

"잡았다!"

개구리귀(鬼)는 덩치가 작고 별다른 짓을 하지 않아 사람에게 붙어도 거의 들키지 않았다. 나는 개구리귀를 젓가락으로 단단히 붙잡은 채 얼른 모니카의 축원문을 챙겼다. 개구리귀나 두꺼비귀들은 글자에 집착하는 습성이 있었다. 특히 쓰는 사람의 기운이 듬뿍 들어간 글자들을 좋아했다.

모니카의 물 발자국과 거기에 비쳤던 이상한 그림자를 보고 나는 이 사건의 범인 아니, 범귀가 개구리귀라는 걸 알아챘다.

예전 같으면 없었을 일이다. 손으로 쓴 글자가 여기저기에 넘쳐 났으니까. 하지만 요즘에는 손으로 쓴 글을 찾기 어려우니 결국 축원문까지 온 것이다.

나는 축원문을 챙긴 뒤 혹시나 몰라 챙겨 온, 뱀

에피소드 1. 금기, 택일(禁忌, 擇日)

모양이 그려진 클리어 파일에 얼른 끼워 넣었다. 그러자 축원문을 향해 네 발을 휘젓던 개구리귀는 이제 반대편으로 달아나려고 안간힘을 썼다.

"너도 무서운 게 있다, 이거지?"

뱀 모양이 그려져 있기는 해도 기껏해야 아동용으로 나온 문구다. 초록색 뱀은 노란 바탕을 배경으로 빨간 고깔모자를 쓰고 있었다. 하지만 이미지에는 원본에서 빌려온 힘이 있다. 평범한 사람이 귀신을 물리친 처용의 탈을 쓰면 귀신을 내쫓을 힘을 갖게 되듯이.

"자, 얼른 말해. 너 말고 다른 녀석들이 또 있는지."

개골골골골.

자기 말고는 없다는 뜻 같았다. 마음속으로 안도의 한숨을 내쉬었다. 아무리 개구리귀가 잡귀 중의 잡귀라고 해도 이쪽 세계와 많이 엮이고 싶지 않았다. 일단 축원문은 무사히 지켰으니 이대로 잘 전해 주기만 하면 된다.

"얘는 어떻게 처리하지."

가장 확실한 방법은 없애는 거긴 했지만 좀 꺼림칙했다. 이유야 어쨌건 이미 생겨난 존재를 없애는 데에는 대가가 필요했다. 게다가 그 대가를 어떤 방식으로 언제 치르게 될지 미리 알 수가 없었다.

자연의 흐름에 손을 대는 건 이래저래 위험한 일이었다. 뭐, 이런 조그마한 귀 하나를 죽인다고 그리 큰 대가가 돌아오겠느냐마는.

"그럼 어떻…."

텁.

개꾹!

짧은 비명과 함께 개구리귀는 사라졌다.

"악!"

동시에 내 입에서도 비명이 나갔다. 그건 본능적인 외침이었다.

'뚫렸는데. 뚫렸는데! 그런데 뭐가 뚫린 거지.'

젓가락 끝이 부드러운 비닐 랩 같은 무언가를 찢었다는 걸 느낄 수 있었다. 허공에 둥둥 뜬 젓가락을 타고 검은 부식물이 올라왔다. 그것이 슉 하는 소리를 내며 내 뺨을 핥았다. 동시에 뾰족한 돌기가 예리한 면도날처럼 피부를 베는 느낌이 들었다.

뺨이 불에 덴 듯 확 아파 왔다. 온몸의 감각이 짜릿하게 튀었다. 뭔가 심상찮다는 느낌에 나는 한 짝 남은 은젓가락을 움켜잡고 뒤로 돌았다.

"무슨…!"

섯슛!

에피소드 1. 금기, 택일(禁忌, 擇日)

하악질을 하는 입 사이에 꽂혀 있는 은젓가락이 그 애의 이빨보다도 더 반짝거렸다. 축축하게 피에 젖은 긴 혓바닥이 입안으로 말려 들어갔고 젓가락도 반으로 접힌 채 빨려 들어갔다.

주변의 모든 풍경이 새까만 그 안으로 우그러드는 듯했다.

꿀꺽.

반지르르한 까만 털을 지닌 그 애가 한 번 커다랗게 목울대를 움직였다. 그게 끝이었다.

챙그랑!

내 손에 남아 있던 젓가락이 바닥으로 떨어져 뒹굴었다. 나는 멍하니 피가 나는 뺨을 부여잡은 채 그 새끼를 바라보았다. 일을 벌인 당사자는 아주 편안해 보였다. 길게 허리를 펴 주고는 창가에 앉아서 굉장히 만족스러운 표정으로 멍청한 소리를 냈다.

냠냠.

그놈은 입맛을 끝까지 야무지게 다시더니 귀를 팔락 흔들며 나를 보았다.

"맛있더라. 개구리 반찬은 간만이었어~"

느긋한 목소리였다.

평범한 고양이로 모습을 바꾼 그놈이 풀쩍 식탁으로 뛰어내려 내 뺨을 핥았다. 까슬한 고양이 혀가 소름 돋게 차가웠다. 피가 곧 멈췄다. 나는 바닥에 흩뿌려진 핏방울까지 싹싹 쓸어 먹는 검은 그림자를 내려다보았다.

"개구리는 왜 처먹어?"

차마 피를 먹는 이유까지는 물을 수가 없었다. 무슨 대답이든 듣고 싶지 않았으니까.

"살아 있는 개구리가 얼마나 맛있는데. 어차피 네가 먹을 거 아니었잖아. 어, 혹시 먹으려고 했어? 그래서 젓가락으로 집은 거야?"
"아니, 아니! 아니거든! 내가 개구리를 왜 먹어?"
"그럼 됐네. 넌 먹을 생각 없었고 나는 먹고 싶었고. 끝. 그렇지?"

샛노란 눈동자를 담은 눈꺼풀이 깜박였다. 어이가 없어서 말이 안 나왔기에 나는 입을 다물었다.

어쨌거나 개구리귀를 죽인 건 내가 아니었으니까 죽여서 어떻게 하든 상관없었다. 대신 일을 마무리 지어 준 셈이니 사실은 고마운 마음이 들어야 했다.

"또 없어?"

하지만 저렇게 당당하게 묻는 저 녀석이 나는 마

에피소드 1. 금기, 택일(禁忌, 擇日)

음에 들지 않았다.

까만 고양이.

나를 제외한 Y여고의 다른 모든 사람에게 사랑을 받는 팔자 좋은 녀석. 아, 나 말고 이 고양이를 싫어하는 사람이 한 명 더 있긴 했다. 깐깐징어라고 불리는 교장 선생님. 내가 교장 선생님과 같은 편이 될 수 있는 유일한 지점이 바로 이 녀석에 대한 견해였다.

까만 털 뭉치는 학교를 제멋대로 휘저어 놓았다. 궁금한 게 있으면 그게 뭐든 가서 보는데 그 와중에 일어나는 난리 법석은 모두 남들의 차지. 그렇게 알아낸 것에 단 1초 만에 흥미를 잃어 내팽개쳐 버리고는 다시 또 이상한 것에 꽂혀서 복도니 창문이니 온갖 곳을 내달린다. 그러다가도 제가 뭘 쫓고 있었는지 기억을 못 해 멍청한 표정으로 앉아 있는 걸 본 게 한두 번이 아니었다.

터 한번 잘 잡았다 싶었다. 배가 고프면 어슬렁어슬렁 나타나서 먹이나 달라고 하는 그 뻔뻔한 꼴을 학생들은 다들 귀엽다고 좋아했으니.

"더 없냐고."

고양이 녀석이 이젠 눈을 부라렸다. 저게 대체 어디가 귀엽다고.

"없어. 가."

나도 같이 눈을 부라렸지만 녀석은 본체만체하
더니 길게 하품을 했다. 뾰족한 이빨들이 입안에
조르륵 달려 있었다.

"그럼 다음에 또 줘."
"무슨 개, 아니 무슨 고양이 소리야?"

고양이의 검은 꼬리가 탁탁 식탁 위를 쳤다.

"내가 고양이가 아니라는 건 너도 알지 않나?"

하긴. 보통의 고양이는 사람 말을 할 수 없다. 하
지만 저 녀석은 하품을 하면서 나에게 말을 건넸다.

Y여고의 명물, 마스코트. 까만 고양이.

학교 SNS 페이지에 하루에 한 번 소식이 올라올
정도로 인기가 많았다. 이 학교엔 나보다 저 녀석
을 아는 사람이 더 많을 게 분명했다.

학생들은 모두 고양이를 좋아했다. 밥을 주고 털
을 쓰다듬어 주고 겨울이면 자주 머무는 곳에 따뜻
한 담요를 넣어 주고 여름이면 차갑게 얼린 아이스
팩을 주었다. 그럼 고양이도 아닌 저 녀석은 아무
렇지도 않은 표정으로 다 받아먹는 것이다.

오래된 귀가 평범한 사람들 눈에도 보인다는 이
야기는 들은 적 있었다. 저 녀석이 그런 경우였다.

에피소드 1. 금기, 택일(禁忌, 擇日)

오래 흐른 시간은 무엇을 만들어 내도 이상하지 않았다. 쟤를 처음 봤을 때, 나는 정말이지 어이가 없었다. 귀 주제에 팔자도 좋게 놀고먹으면서 살다니.

내 눈에는 보였다. 아니, 내 눈에만 보였다고 해야지.

저 녀석이 다리를 제대로 움직이지 않고 공기에 녹은 것처럼 흐물흐물 움직이는 꼴도, 틈이 없는 벽을 그냥 스윽 통과하는 모습도. 가끔씩 고양이가 아닌, 대체 뭐라고 불러야 할지 알 수 없는 그런 얼렁뚱땅한 모습으로 꿈틀거리는 광경 또한 오로지 내 눈에만 보였다.

"그러니까 앞으로도 네가 나에게 이런 맛있는 것들을 좀 바쳤으면 좋겠네~"
"너 같은 잡귀에게 뭘 바칠 일은 없을 거야. 그러니까 이제 가, 망할 고양이귀."

강경하게 말했지만 고양이 녀석은 그저 고개를 까닥까닥거릴 뿐이었다.

"아마 그럴 일이 생길 텐데?"
"뭔 개소리야. 꺼지라고 했다, 잡귀야."
"다음 메뉴로는 메뚜기 같은 것도 괜찮겠어. 바삭바삭한 껍질이 좋거든."

내 말은 듣지도 않은 채 고양이귀 녀석은 말을 이었다.

몸을 길게 늘인 검은 그림자가 휙 창문턱으로 뛰어 올라갔다. 그러곤 체셔 고양이처럼 웃음을 지었다.

"앞으로 계속 만날 거 같으니까 미리 알려 줄게. 내 이름은 망할 녀석이 아니라 이채다."

당당한 그 말에 나는 어처구니가 없다는 표정을 지을 수밖에 없었다.

"잡귀 주제에 이름이 있다고?"
"왜. 나는 이름 있으면 안 되냐?"
"이채라니. 시꺼먼 고양이 잡귀한테 붙이기에는 좀 으리으리한 이름 같은데."

이채.

이 세상의 존재가 아닌 것들이 뿜는 색깔. 나는 고양이 녀석의 비단처럼 반짝이는 검은 털을 바라보았다. 하긴, 다른 세상의 색이라면 우리 눈에는 제대로 보이지 않을 테니 어쩌면 우리가 인식할 수 있는 이채의 빛깔은 검은색일지도 몰랐다.

"그러니, 다음부터는 이름으로 불러. 이놈 저놈 하지 말고."

그 말을 마지막으로 고양이귀는 스르륵 사라졌다.

"와, 마지막까지 맘에 안 들어!"

소리를 쳤지만 그 말을 들어야 할 잡귀는 가 버

에피소드 1. 금기, 택일(禁忌, 擇日)

리고 없었다. 나는 고양이 녀석이 사라진 자리를
한 번 더 보고는 얼른 빳빳한 축원문 종이를 챙겼
다. 억세게 팔자 좋은 고양이귀의 이름이 이채건
뭐건 내 알 바가 아니었다.

"여기."

너무 작게 말한 탓인지 모니카는 내 쪽을 돌아보
지 않았다. 열띤 이야기는 그대로 진행됐다.

"아니, 그게 얼마짜린데. 우리 오빠가 사 준 거라
니까? 몇 번 입지도 않았는데!"
"그래서 항상 캐비닛에 잘 넣어 놓지 않았냐? 이
동 수업 시간에 움직이다가 또 어디 빠트리고 온
건 아니고?"
"다른 애들이 주웠으면 나한테 가지고 왔겠지.
안 그래?"
"그건 그렇지만…. 야, 뒤에."

모니카와 대화하던 애가 턱짓을 했다. 그제야 모
니카가 뒤를 돌아 나를 보았다.

"오, 진짜 왔네?"

모니카가 앉으라는 듯 의자를 빼 주었다. 나는
얼른 들고 있던 클리어 파일을 꺼냈다.

"여기 가져왔어. 웬만하면 축원문 걷기 전까진

이 파일에 보관하면 좋을 거야."

모니카가 손가락으로 파일을 살짝 벌려 빳빳한 종이를 확인했다.

"진짜네?"

모니카와 그 앞에 앉아 있던 애가 서로 눈빛을 주고받는 걸 모른 척했다. 모니카가 혼자 있었으면 했지만 다른 기회가 또 올 것 같지 않았다. 나는 기율 선배에 대한 이야기를 어떻게 꺼낼지 살짝 고민했다. 분명히 주제도 모르는 애가 보는 눈은 있어서 기율 선배와 친하게 지내고 싶어 한다는 식의 뒷말이 돌겠지만 어쩔 수 없었다.

"저기, 모니카…."
"진짜 너무 고마워, 은파야!"

목소리에 설탕으로 만든 반짝이 스프링클을 뿌린다면 이런 느낌일까. 모니카의 목소리가 달콤하게 녹아내렸다.

"사실 나, 조금은 의심했거든! 그런데 진짜 이렇게 깨끗하게 가져와 주다니. 지금껏 하루를 넘긴 적이 없는데!"

모니카가 속삭이듯 말을 이었다.

"그런데 정말 어떻게 한 거야? 정말 소문처럼 너…, 막 이상한 거 보고 그래?"

에피소드 1. 금기, 택일(禁忌, 擇日)

모니카의 밝은 갈색 눈동자가 반짝거렸다.

어렸을 적에 입을 몇 번 잘못 놀린 죄는 지금까지 나를 쭉 따라왔다. 지방의 도시라는 게 그랬다. 이곳은 좁은 우물이나 마찬가지였다. 한번 흘린 이야기는 사라지지 않고 계속 좁은 우물 속을 돌았다.

게다가 여기에는 나를 아는 사람만 있는 게 아니었다.

우리 엄마, 여기서 살다가 여기서 죽은 한경이 씨.

엄마 덕에 나는 두 배로 유명해졌다. 공기 중에 떠다니는 이야기들은 나를 옭아맸다. 그리고 아마 엄마도.

팍!

갑작스러운 소리에 우리 셋의 고개가 한꺼번에 돌아갔다.

노란색 눈동자가 이쪽을 보고 있었다. 고양이귀의 샐쭉한 눈동자. 그 녀석이 넘어뜨린 건 내 가방이었다. 우아하게 점프한 녀석이 내 가방에서 떨어진 카드 옆에 섰다.

"응?"

모니카의 옆에 있던 애가 바닥에 깔린 카드들을 집어 들었다. 눈에 익은 저 보라색과 남색의 뒷면은….

나는 벌떡 자리에서 일어났고 동시에 이채는 창문가로 훌쩍 올라가 꼬리를 흔들었다.

"!"

나는 고양이귀를 노려보았다. 저 녀석이 일부러 그런 게 틀림없었다. 얼른 카드를 주워 담으려고 했지만 이미 늦었다.

"이거, 네 거야?"

물어보는 애의 눈이 반짝였다. 아니라고 하고 싶었지만 그럴 수가 없었다.

"… 응. 내 거야."

모니카가 와, 감탄하면서 말했다.

"은파 너, 타로 카드 볼 줄 알아? 몰랐네! 신기하다! 요새 이런 거 많이 보던데."
"완전 인기잖아! 학교 페이지에 누가 타로 점 봐 주겠다는 게시 글 올라오면 난리 나더라."

뜨끔했다.

그건 내가 올리는 글이었다. 학교에서는 아무도 나에게 말을 걸지 않았지만 인터넷에서는 달랐다. 타로 점을 봐 주겠다고 한마디만 하면 순식간에 댓글이 달리곤 했다. 그 작은 관심이 무턱대고 좋았다.

에피소드 1. 금기, 택일(禁忌, 擇日)

"은파야."

두 쌍의 눈이 나를 바라보았다. 이런 적은 처음이었다. 사실 아주 어렸을 적에는 내 눈에 보이는 걸 그대로 말했더랬다.

너, 뒤에 병아리 같은 거 붙어 있다. 근데 죽었네. 할아버지, 안녕하세요. 다음 주가 지나면 이제 영영 못 보겠네요. 이런 말들을 쉽게도 했다.

호된 학습을 통해 그런 것들을 말하지 않는 법을 배웠다.

"은파야, 한 번만 봐 주라. 응?"

모니카의 말에 나는 한숨을 푹 쉬면서 카드를 아무렇게나 섞었다. 창문가에서 고양이 녀석이 반쯤 눈을 감은 채 자는 척하는 꼴이 보였다. 분명히 일부러 그랬으면서 저렇게 아무것도 모른다는 얼굴을 하고 있다니. 역시나 고양이는 믿을 게 못 됐다.

"그럼 딱 하나만 볼게."

모니카가 얼른 물었다.

"잃어버린 물건이 있는데 그게 어디 있는지도 알 수 있어?"
"잃어버린 게 뭔데?"

나는 차분하게 카드를 부채꼴로 늘어놓았다.

"바람막이. 흰색이고 뒤에 크게 발렌시아가라고 쓰여 있어."

모니카가 설명해 줬다. 저번에 인터넷에서 비슷한 옷을 본 적 있었다. 내가 생각했던 값 뒤에 0을 하나 더 붙인 가격의 물건이었다. 펼쳐 놓은 카드의 느낌이 영 좋지 않았지만 자포자기한 심정으로 카드를 가리켰다.

"하나 뽑아 봐."

모니카와 친구가 함께 카드를 바라보았다. 두 개의 동그란 머리가 카드를 따라 이쪽 끝에서 저쪽 끝까지 오갔다.

"그냥 아무거나 마음에 가는 걸로 고르면 돼."

모니카가 신중한 손짓으로 카드 중 하나를 뽑았다. 뽑은 카드를 확인하자마자 나는 다시 내려놓고 카드 더미에 섞어 버렸다. 모니카가 눈을 크게 떴다.

"왜?"
"다시 뽑아야 할 것 같네."

그 말에 둘이 다시 카드를 보았다. 카드 앞에서 사람들은 말을 아주 잘 들었다. 정확히 말하면 알 수 없는 자신의 미래와 운명에 대해 조심스러워하는 태도를 보였다. 그리고 그 태도는 운명을 말하는 나에게도 이어졌다. 아까까지만 해도 나를 비웃

에피소드 1. 금기, 택일(禁忌, 擇日)

던 둘은 이제 조심스러운 눈으로 나를 보았다. 모니카가 다시 한번 고른 카드를 내 쪽으로 건넸다.

"이, 이거."

하지만 이번에도 똑같았다. 난 다시 카드를 덮었다.

건너편에 앉은 두 사람의 얼굴 사이로 고양이 녀석의 모습이 눈에 들어왔다. 씰룩이는 수염이 보였다. 웃고 있는 게 분명했다.

"왜 그래?"

모니카가 물었지만 나는 대답 대신 카드를 다시 섞고는 말했다.

"한 번 더 뽑아."

그 후로 세 번을 더 뽑았다. 마지막으로 다섯 번째 카드를 뽑았을 땐 모니카마저 무섭다는 표정을 지었다. 나는 다섯 번이나 거듭해서 나온 카드를 바라보았다. 타로 카드 안의 그림은 저기 있는 고양이 녀석과 똑같은 포즈로 누워 있는 고양이 그림이었다.

나는 아무것도 모른다는 듯 누워 있는 고양이 녀석을 노려보고는 모니카에게 말했다.

"바람막이라고 했지? 일단 내가 찾아올게."

내 말에 모니카가 겨우 표정을 풀었다.

"고마워, 은파야. 역시 너밖에 없다. 찾으면 이야기해 줘!"

던지듯 그 말을 하곤 모니카가 옆에 있는 애를 데리고 얼른 교실 밖으로 나갔다. 웃고 있었지만 그들의 얼굴엔 일말의 불안감이 비쳤다. 하긴, 나라도 그랬을 것이다. 카드를 다섯 번 뽑았는데 다섯 번 다 똑같은 카드가 나오는 게 보통 일은 아니니까.

나는 뒤집힌 카드를 읽었다. 의미하는 바는 하나였다.

"야, 네가 꾸민 거지?"
"야아옹."
"어디서 고양이 소리를 내. 고양이도 아닌 게."

이채가 풀쩍 뛰어 내 책상 위로 와서는 입을 쫙 벌리고 말했다.

"그거 찾을 수나 있어? 멍청이."

노란색 눈동자가 반짝였다. 나는 눈썹을 팍 찌푸리면서 대답했다.

"멍청이? 누가 누구보고 멍청이래?"
"누구긴 누구야, 너지. 넌 그 옷 절대 못 찾아."
"네가 훼방만 안 놓으면 당장 찾을 수 있어."

에피소드 1. 금기, 택일(禁忌, 擇日)

이채가 꼬리를 흔들며 피식거렸다.

"웃기시네. 그냥 포기해. 나한테 빨리 같이 움직여 달라고 빌어 보든가. 넌 이런 카드 하나도 제대로 못 다루잖아."

이제는 아예 내 책상 위에 드러누워 배를 내놓은 채로 이채가 나를 도발했다. 팔짱을 낀 나도 한 소리 던졌다.

"너 계속 이러면 체육 쌤한테 이를 거야."

그 말에 이채가 발딱 일어났다. 꼬리털을 펑 하고 부풀린 걸 보니 내가 번지수를 잘 찾은 모양이었다.

"쌤한테 뭘 일러? 나 잘못한 거 없는데?"

체육 쌤은 우리 학교 최고의 인기 쌤이었다. 늘 말끔한 운동복에 포니테일 스타일을 고수하는 체육 쌤은 학생 시절에 국가 대표 예비 후보였다고 했다. 시원시원한 목소리가 인상적인 쌤은 자율 시간에 함께 영화를 볼 때 감동적인 장면에서 다른 누구보다 빨리 울먹이곤 했다.

쌤은 체육 시간에 나의 파트너가 되곤 했는데 이유는 간단했다. 우리 반 인원은 홀수였고 짝을 맞춰야 하는 실기 수업에서 파트너를 맡아 줄 친구가 나한테는 없었으니까. 그래서 배드민턴도 윗몸일

으키기도 다 체육 쌤과 함께 했다.

"쌤한테 네가 바퀴벌레 먹고 다닌다고 할 거야."
"야!"

어떻게 숙녀(고양이)에게 그런 말을 할 수 있냐는 표정이었다. 하지만 나는 진짜 길고양이가 바퀴벌레 비슷한 걸 물고 다니는 모습을 본 적이 있기에 어깨만 으쓱였다.

체육 쌤은 이채가 우리 학교 내에서 제일 좋아하는 사람이었다. 이채가 보이지 않으면 체육 쌤이 있는 곳을 찾아보라는 이야기가 나올 정도로. 다른 사람한테는 맛있는 걸 얻어먹을 때가 아니면 늘 새침한 표정을 짓는 주제에 체육 쌤 앞에서는 항상 배를 까뒤집고 누워서 골골대곤 했다.

"난 바퀴벌레 같은 거 안 먹어!"
"개구리는 먹고?"
"그건 다르지!"

빽 하고 이채가 소리를 질렀다.

"그럼 체육 쌤한테 말 안 할게, 대신 옷 찾으러 가자. 어차피 너도 이걸 바란 거지?"

내 말에 이채의 작은 머릿속이 빙빙 돌아가는 게 뻔히 보였다. 분명 원하는 결과가 나왔는데 중간 과정이 어째 이상하다, 그런 마음속 생각이 여기까

에피소드 1. 금기, 택일(禁忌, 擇日)

지 들릴 정도였다.

아까 모니카가 카드를 한참 뽑을 때까지만 해도 나는 이 일이 껄끄러웠다. 그러나 잠깐이었지만 인터넷이 아닌 진짜 세계에서 무언가를 해낼 수 있다는 느낌을 받으면서 조금 재밌겠다는 생각을 하게 됐다. 나는 손에 넣은 이 기분을 이리저리 굴려 가며 좀 더 느껴 보고 싶었다.

지금까지 능력을 숨기기만 해 왔는데 한 번 정도는 이런 일을 해 봐도 좋을 것 같았다.

응, 맞아. 나 이상한 것들을 가끔 봐. 그런데 별로 신경 쓰이진 않아. 이렇게 말하듯이.

"가자."

어느새 이채가 꼿꼿이 서 있었다. 그 말을 들은 내 머리 위에 순간적으로 물음표가 뜬 걸 보았나 보다. 이채는 짜증스럽다는 듯 꼬리로 바닥을 탁탁 쳤다.

"네가 옷 찾으러 가자며. 진짜 웃겨."

"야! 어디까지 가?"

훌쩍 담장을 넘어가는 이채를 보며 물었다. 어쩌다가 내가 고양이귀 뒤나 쫓아다니는 신세가 되었는지 모를 일이었다.

"여기 같아."

옷을 찾아 준다며 호언장담을 한 이채가 다다른 곳은 1학년 홈베이스였다.

이동 수업을 위해 만들어진 이 공간은 쉽게 말하면 1학년 전체의 사물함이 있는 곳이었다. 길쭉하고 큰 캐비닛이 빽빽하게 놓여 있었다. 나는 어이가 없어서 한숨을 쉬었다.

"야, 고양이. 이건 걔 캐비닛이잖아. 아니, 옷을 잃어버렸다고 했는데 그 옷이 지금 캐비닛에 들어 있다는 거야?"

물론 모니카가 친구와 짜고 나를 엿 먹이려 했다면 가능한 상황이긴 했지만 타로 카드를 보던 그 애의 표정에는 진심이 어려 있었다.

"잔말 말고 날 들어 올리기나 해."
"뭐?"
"걔 캐비닛이 2층에 있잖아. 안에 들어가게 올려 달라고."

잡귀의 몸에 손을 대는 건 결코 하고 싶지 않은 일이었지만 어쩔 수 없었다. 나는 최대한 손을 멀리 뻗어 이채의 허리를 들어 올렸다. 쭈욱 늘어나는 고양이 몸에서 느껴지는 특유의 감각과 있어서는 안 될 다른 감각이 무차별적으로 섞여 손끝으로 흘러들었다. 잠긴 캐비닛 문을 이채가 금방 열었다.

에피소드 1. 금기, 택일(禁忌, 擇日)

"너, 이런 식으로 교실 문은 몇 번이나 땄어?"

"그런 걸 어떻게 일일이 기억해? 난 숫자는 질색
이야."

이채가 연 캐비닛 안을 들여다보았지만 아무렇
게나 놓은 화장품과 빌려 놓고는 돌려주지 않은 교
과서들, 쓰다 만 네일 팁밖에 보이지 않았다.

"없는데?"

"있어. 있는데 안 보이는 것뿐이야."

"그건 또 무슨 소리야?"

"잘 봐 봐."

눈에 어둠이 익자 뭔가 보이긴 했다. 그런데 초
점이 잘 맞지 않는다고 해야 하나. 한쪽 코너만 이
상하게 몇 겹으로 겹쳐 보였다. 눈을 감았다 떠도
그 현상은 사라지지 않았다.

"뭔가 있긴 있네."

바닥에 앉아 기다리던 이채가 내 말을 듣고는
'그것 봐.'라는 얼굴로 의기양양하게 나를 올려다
보았다. 코와 수염의 모양이 고양이다워 보이긴 했
다. 잠깐 생각하다 나는 주머니 속 타로 카드를 꺼
냈다. 다섯 번이나 연속해서 나왔던 고양이 카드를
골라 겹쳐 보이는 캐비닛 코너 쪽에 넣었다. 그러
곤 기다렸다.

눈이 빠져라 쳐다보았지만 카드는 얌전히 그 자

리에 있었다. 아까는 잘못 본 건가, 그런 생각이 들 때쯤 일이 일어났다.

"없어졌어."
"없어졌네."

있어야 할 카드가 감쪽같이 사라진 것이다. 며칠 전 이곳을 지나가던 2학년 선배들이 했던 말이 떠올랐다.

"아, 이거 내가 작년에 쓰던 캐비닛이다. 이상하게 여기에 뭘 넣기만 하면 잘 없어지는 거 있지."

당시엔 흘려들었던 이야기를 되새기고 나니 퍼즐이 맞춰졌다.

가끔, 그런 공간이 있긴 했다. 없어야 할 것들이 불쑥불쑥 나타나는 장소가 있는가 하면 있어야 할 것들이 사라지는 장소도 있었다. 서랍의 뒤편 같은 공간이었다. 뭔가를 떨어뜨리면 서랍을 아예 꺼내지 않는 이상 찾을 수 없게 되는 그런 곳. 거기에 둔 물건들은 틀어진 시간과 공간 사이의 틈으로 쏙 빠져 사라지고 말았다. 물건이 없어진 이유를 알았으니 이제 남은 일은 서랍을 꺼내 뒤편을 뒤지는 것뿐이었다.

"마침 준비물도 옆에 있겠다."

내 말에 이채가 흠칫 몸을 떨며 나를 보았다. 도

에피소드 1. 금기, 택일(禁忌, 擇日)

망치기 전에 이채를 단단히 붙잡았다.

"어딜!"

눈썹 칼로 이채의 털 몇 가닥을 자르는 데 장장 30분을 허비했다.

"멍청이!"

겨우 내 손을 빠져나간 이채가 꼬리를 있는 대로 세우면서 욕을 했다.

"뭐 하는 거야?!"
"보면 몰라? 방위진을 만들잖아. 기본이지. 이런 어긋난 곳에서 사방을 잡으려면."
"그런 것도 할 줄 알아?"

멍청이라고 할 때는 언제고 또 금방 호기심을 보이며 옆에 와 앉는다. 내가 보기에 진짜 멍청이는 이 녀석이다. 나는 가져온 가방 속을 뒤졌다. 다행히 필통 안에 쓰다 남은 성냥이 있었다. 잘라서 샤프 끝에 말아 놓은 성냥갑 마찰 면에 대고 몇 번 성냥을 긋자 팍 하는 소리와 함께 불길이 피어올랐다.

잘라 둔 이채의 검은 털 위에 얼른 불을 붙였다. 후, 하고 입김을 불자 불길이 좀 더 커졌다. 검은 털이 반짝이는 연기를 내면서 사라졌다. 연기를 캐비닛 안쪽으로 흘려 넣었다.

"오!"

옆에서 이채가 눈을 동그랗게 뜨며 안개가 향하는 곳을 보았다. 안개가 끼면 그곳의 방향감각이 사라진다.

그럼 이미 사라져 있던 쪽에서는? 방향감각이 다시 돌아오기 마련이었다. 의외로 간단한 법칙들이 이 세상을 지배하고 있었다.

"와, 대체 저 작은 공간에 어그러진 시간축이 몇 개야?"

연기가 한 번 휘돌아 나갔고 어긋난 시간축의 흔적이 캐비닛 구석에 남았다. 이 정도로 많은 시간축이 겹쳐 있다면 물건이 없어지지 않는 게 더 신기하다고 봐야 했다. 한번 어긋난 곳은 똑바로 돌려놓는다고 해도 다시 어긋나기 십상이다. 나는 시간축 사이로 조심스럽게 손을 집어넣었다. 가장 먼저 사라졌던 내 카드가 나왔다. 그리고 다시 한번.

"이건가?"

아니다. 잘못 딸려 나온 오래된 커피 향 과자를 옆에서 이채가 받아먹었다. 와삭와삭하는 소리를 들으니 용케 눅눅해지진 않았구나 싶었다.

"이것… 도 아니네."

누군가 구겨 놓은 가정 통신문 역시 이채가 받아다가 잔뜩 몸을 비벼 대는 데 썼다. 그러곤 마지막에 통신문을 북북 찢어 버렸다.

"아니, 옷은 언제 나와. … 어, 이거다!"

보드라운 옷감이 손가락에 얽혔다. 역시 비싼 옷은 촉감부터 다르다. 손을 더 집어넣어 옷을 꺼내는데 뭔가가 같이 떨어졌다.

팔랑.

작고 네모난 그림자는 사소했고 딱 그만큼의 불온함을 품고 있었다. 나는 생각 없이 그걸 집었다. 손바닥만 한 사진 속에는 오래된 교복을 입은 여자애가 찍혀 있었다.

"응?"

배경을 보니 우리 학교였다. 여자애는 3학년 별관 옆에 있었다는, 화재 때문에 지금은 사라진 특별실 계단에 서 있었고 그 뒤로 지금보다 훨씬 작은 왕벚나무가 보였다.

눈에 띄도록 선명하게 가르마를 타고 양 갈래로 묶은 헤어스타일에, 햇살이 너무 쏟아져 희미해져 버린 얼굴. 그러나 카메라 뷰파인더 너머의 누군가에게 보내는 낙천적인 미소는 충분히 알아볼 수 있었다.

이건 이 시간축에서 잃어버린 물건이 아니다. 다른 시간축에 있던 물건이 길을 잃어버려 이쪽으로 온 경우였다. 사진에서는 퍽 포근한 향기가 났다. 모르긴 몰라도 저 시대에 이런 사진을 찍을 정도면 꽤 기억하고 싶었던 순간이었음이 분명했다.

"야, 고양이. 너 이거 다시…! 야!"

꺼낸 걸 다시 돌려놓는 방법을 물으려고 했지만 곧 머릿속이 새하얗게 변하고 말았다.

"미쳤어?!"
"야아아아옹!"
"야! 너 뭐 해!"

허둥지둥 이채를 떼어 놓고 바람막이를 집어 들었지만 이미 그것은 옷이었던 것으로 전락한 뒤였다. 사진에 정신을 판 사이 이 망할 놈의 고양이가 습성을 유감없이 발휘한 것이다. 흙발 자국이 여기저기 찍히고 발톱에 뚫려 구멍이 난 옷을 허망하게 바라보았다.

"무슨 짓이야? 겨우 꺼냈더니! 너 이게 얼마짜린지 알기나 하냐고!"

옷을 입에 물고는 날렵하게 내 손을 피한 이채가 2층 캐비닛 위로 올라가 버렸다.

"안 내려와? 이제 죽었어, 넌!"

이채가 꼬리를 살랑이며 나에게 대답했다.

에피소드 1. 금기, 택일(禁忌, 擇日)

"어차피 이건 못 써."

"무슨 소리야?"

"아까 내가 하는 거 안 봤어? 정말 넌 눈치도 없다, 야."

"네가 뭘 했는데. 옆에서 방해만 했잖아!"

"열심히 제령해 줬잖아, 진짜. 이 멍청이가."

"제령?"

나는 멍한 표정으로 이채를 올려다보았다. 수염을 까닥이면서 이채가 설명을 덧붙였다.

"저런 곳에서 구르다가 온 게 보통 물건일 거 같아? 이건 못 써."

그제야 이채가 과자를 먹고 가정 통신문을 찢어 놓은 이유를 깨달았다.

"잠깐. 그럼 나 지금 아주 열심히 헛짓한 거네?"

"헛짓이라니. 간만에 이런 맛있는 것을 나에게 줬잖아. 시간축에서 곰삭은 물건들은 진짜 향기가 죽여준다니까."

"야…."

나는 소리를 지르지 않기 위해 숨을 한 번 들이마셨다.

"그러니까 처음부터 너한테는 옷을 되돌려 줄 생각이 없었고 그냥 네가 즐기기 위해서 날 이용했다는 거지?"

"당연하지?"

달리 무슨 이유였겠냐는 표정으로 이채가 대답했다.

"그럼 모니카한테 돌려줄 옷은 어쩌고!"

"어…, 나 같은 고양이가 알 바일까? 그걸 돌려주겠다고 말한 건 너잖아. 게다가,"

"와, 너 진짜 나쁜 고양이구나?"

이채가 한쪽 눈을 찡긋거리며 대답했다.

"원래 고양이들은 그런 매력이 있지. 어때, 더 알아보고 싶다는 생각 안 들어?"

"아니. 널 그냥 여기서 치워 버리고 싶어졌어."

이미 다 찢어진 옷을 이채에게서 빼앗아 봤자 아무 소용 없을 것이다. 모니카에게 겨우 호감을 샀나 했는데 이런 일이 벌어지다니. 기율 선배를 만나게 해 달라는 부탁은 입 밖에 내지 못하게 되었다. 그건 고사하고 또 이상한 소문이나 안 나면 다행이었다.

"몇 번씩이나 카드를 뽑게 해 놓고서 겨우 찢어진 옷을 가져다주는 꼴은 상상도 못 했는데."

"그럼 이건 어때? 지금 할인 기간이야."

어느새 내려온 이채가 내 핸드폰을 내밀었다. 화면엔 쇼핑 앱이 떠 있었다.

에피소드 1. 금기, 택일(禁忌, 擇日)

〈금주 특가! 최대 50퍼센트 할인!〉

물론 그 상품은 50퍼센트 할인 대상이 아니었다. 할인 탭에 들어가기 위한 생색용으로 겨우 5퍼센트 할인을 하고 있을 뿐이었다. 하지만 그것만으로도 나에겐 감지덕지였다.

"이걸 사서 일단은 한고비를 넘기는 거야, 어때?"

내 앞에서 악마보다도 더 악랄한 검은 고양이 녀석이 속삭였다.

결제 버튼을 누르고 배송지를 입력할 때까지 나는 제정신이 아니었다. 그래, 제정신이 아니었어야 그 돈을 쓸 수 있었을 것이다. 평소라면 한 번에 지출할 수 있을 거라곤 상상도 못 할 금액이었다.

홀린 듯이 몇 번의 클릭을 하자 곧 해외에서 직배송하는 상품이라서 배송에 평균 7영업일이 걸린다는 문구와 함께 소중한 상품을 안전히 배송해 드리겠다는 메시지가 떴다.

그 메시지를 읽는 순간 할머니의 얼굴이 떠올랐다. 고등학교에 들어가면 이래저래 쓸 일이 있을지도 모르니 얼마를 넣어 뒀다며 체크카드를 주셨다. 그 안에 들어 있던 돈 반절이 순식간에 날아가 버리고 말았다.

이채는 이제 이 도시 안에서 가장 비쌀 고양이

둥지에 들어앉아 꼬리를 움직이고 있었다.

배송에는 일주일도 걸리지 않았다. 나는 오다 주웠다, 하는 포즈로 모니카에게 그 옷을 내밀었다. 동시에 나는 학교 안에서 꽤 유명해졌고, 음침하지만 믿을 만한 타로 점을 보는 애로 급부상했다.

"혹시 말이야…."
"저기…."

이런 말로 시작되는 이야기에는 각자의 사연이 있었다. 처음에는 사연이고 나발이고 타로 점 같은 건 보지 않으려고 했지만 거절하기엔 애들이 제시하는 액수가 괜찮았다.

"어차피 그 옷 산 값은 채워 넣어야 하잖아. 그냥 하지 그래? 도와줄게."

이채의 말에 어이없음이 머리끝까지 팍 솟아올랐다.

"야, 말은 똑바로 하자. 너 잡귀 먹고 싶어서 그러는 거 아냐, 지금. 도와준다니. 나 참."
"상부상조 그런 거지. 너는 돈을 모으고 나는 잡귀를 먹고. 그리고 나 아니면 누가 너를 도와주겠니."

도와준다는 말은 반절쯤 본인, 아니 본묘가 하고 싶은 일을 그냥 하겠다는 뜻이었지만 나로서는 정

에피소드 1. 금기, 택일(禁忌, 擇日)

말 고양이 손이라도 빌릴 수밖에 없었다.

그래, 인정할 건 인정해야 했다. 의뢰 수행은 꽤 재밌었다.

게다가 덕분에 날 아는 사람들이 많아졌다. 나쁘지 않은 일로 내 이름이 알려지는 건 처음이었다. 나는 이 기분을 조금이라도 더 즐기고 싶었다.

그리고 돈.

모니카의 옷값 때문에 빠진 금액을 다 채워 넣고도 남는 돈이 내 계좌에 착착 쌓였다. 생각보다 즐거웠다. 나는 하루에도 몇 번씩 핸드폰으로 은행 잔고를 보았다. 이렇게 모으다 보면 대학에 들어갈 때쯤에는 한 학기 정도는 쉬고 놀 수 있는 돈이 모일 것 같기도 했다.

그렇게 되면, 아무도 나를 모르는 곳으로 떠나 보통 사람들처럼 시간을 허비하고 싶었다. 바다를 건너 이름이 어려운 나라에 가서 여기와는 전혀 다른 시간대 속의 낯선 사람들 사이에 끼어 있으면 내가 보는 것들을 대수롭지 않게 여길 수 있을 것 같았다.

그래서 나는 돈이 더 필요했다.

인기를 끄는 건 한때일 테니, 땡길 수 있을 때 최대한 땡겨 놔야 했다. 물 들어올 때 노 저으라는 말처럼.

내 핸드폰 달력에는 점점 스케줄이 들어찼다. 의뢰인과 의뢰받은 내용, 의뢰 액수 등등이 적혔다.

내가 바빠질수록 나와 함께 다니는 이채의 털 결은 차츰 더 좋아졌다. 반짝반짝한 그 까만 비로드 같은 털을 자랑하며 이채가 물었다.

"그래서 이번에는 무슨 일이야?"

앞발을 혀로 싹싹 닦는 꼴이 퍽 편해 보였다.

"뜨개 동아리방 제령."

동아리방 상태가 조금 이상한 거 같은데 무슨 일인지 타로로 한번 봐 줄 수 없냐고 동아리 회장인 선배가 나에게 부탁한 건이었다. 굳이 카드를 보지 않아도 이유가 뭔지 알 수 있었다. 회장 선배가 가지고 있는 손뜨개 이어폰 주머니에 있으면 안 될 것이 어룽댔으니까.

"이 학교에 있는 잡귀면 그리 센 녀석은 아니겠네. 넌 제령을 잘하는 축에는 못 드니 다행인 셈이지."

"진짜? 나 제령 못하는 편이야?"

놀란 나를 보곤 이채가 한심하다는 듯이 고개를 저었다. 그 자그마한 고양이 머리통이 이쪽저쪽으로 돌아가는 꼴을 보고 있자니 조금 웃겼다. 물론

에피소드 1. 금기, 택일(禁忌, 擇日)

하는 말은 웃기지 않았지만.

"너같이 어영부영 제령을 하는 애가 어디 또 있을 것 같아? 그나마 내가 옆에서 같이 있어 주니까 망정이지 그렇지 않았으면 넌…."

어휴, 하고 한숨을 쉰 이채의 노란 눈이 나를 바라보았다.

"그래도 감응력은 좋으니까."

"감응력? 내가 잘하는 것도 있네."

"그건 네가 잘하는 게 아니라 그냥 가지고 태어난 거지. 이상한 걸 많이 보는 것 자체가 이미 감응력이 높다는 뜻이야. 미묘한 차이를 금방 알아차려서 그 사이로 흘려 버리는 거지. 뭐, 능력을 잘 키우기만 한다면야 다른 시간대의 장면들도 볼 수 있겠다마는."

"다른 시간대를?"

"원래가 그렇잖아. 신과 인간을 이어 주는 중간 매개자 역할을 한다는 건, 보통의 인간은 소유할 수 없는 신의 눈을 반쯤은 가지고 있다는 거지. 신의 눈은 인간의 눈과는 다르게 시간에 매여 있지 않으니까."

"그러니까… 타임머신을 탄 것처럼 과거나 미래를 볼 수 있다고?"

"꼭 그렇게 멋대가리 없게 말을 해야겠어?"

"왜. 이해하기 좋잖아."

"굳이 따지자면 네 말을 듣지 않는 타임머신을 탄 상황에 가깝지. 네가 보기를 원하지 않았던 것들도 마구잡이로 보게 될 테니까."

이채가 뭐라 한마디 더 붙이려다 입을 다물었다.

아마 불평을 하려던 거였겠지. 신이 일하는 방식은 우리에게는 잔인할 정도로 폭력적이어서 '마구잡이'라는 단어 하나만으로는 제대로 표현할 수 없으니까.

하기야, 누가 뭔가를 만들면서 도구를 신경 쓸까. 칼이 무디면 다른 칼을 쓰면 되는데. 신에게 우리는 그런 존재들이나 다름없었다. 이가 빠지거나 날이 무뎌지면 언제든 교체할 수 있는 칼.

"빨리 가기나 하자. 우리가 그런 걸 생각해서 뭐 하겠냐."

앞에서 이채가 생각에 빠진 나를 재촉했다. 뜨개 동아리방은 복도의 가장 끝에 있었다. 문을 여니 바로 그것들이 보였다.

"와. 있다고만 들었지 실제로는 처음 보네."

아주 통통한 고치들이 희뿌연 몸을 빛내 가며 햇빛이 들어오는 창가와 천장에 붙어 있었다. 고치들이 뽑아내는 실은 뜨개 동아리 부원들이 쓰는 실 바구니에 섞여 들어갔다.

에피소드 1. 금기, 택일(禁忌, 擇日)

반짝거리는 실은 마치 거미줄 같았다. 천장에 붙은 고치들을 보며 이채에게 말했다.

"이채, 넌 저거나 떼 와라."

"감히 나에게 이래라저래라 하지 마."

앙칼지게 말하면서도 이채는 커튼을 타고 동아리방 천장으로 휙 올라가 길어진 앞발로 고치들을 야무지게 박박 쓸어다가 아래로 떨어뜨렸다.

"야! 그렇게 막 떨어뜨리면 어떡해?!"

후드득 떨어지는 누에고치들을 보면서 내가 소리쳤다. 하지만 이채는 어쩌라고, 라는 표정이었다.

"네가 떼라며."

"이런 식으로 떼면 내가 다 주워야 하잖아!"

대답을 하지 않은 채 위에서 훌쩍 내려온 이채가 동아리방 구석구석을 뒤졌다.

"뭐 찾아?"

"이것들의 모체를 잡아야 할 거 아냐. 근처에 있을 텐데."

"모체? 그런 어려운 단어도… 으악!"

내가 빽 소리를 질렀다. 이채가 쉿쉿 소리를 내면서 털을 펑 부풀렸다.

동시에 동아리방 한쪽을 차지하고 있던 커다란 소파가 슬슬 움직였다.

"저, 저, 저거 뭐야! 뭔데!"

"고치들의 모체야. 저걸 없애야 고치가 더 안 생겨!"

"어떻게 없애는데!"

작은 거면 몰라도 2인용 소파만 한 애벌레를 어떻게 없앨 수 있다고. 나는 소리를 치면서 애벌레가 움직이는 방향과는 다른 쪽으로 도망쳤다.

"뭐 하자는 거야! 안 없애면 이번 의뢰는 말짱 도루묵이다?!"

이채가 사방팔방으로 뛰었다. 덕분에 애벌레도 마구 움직였다. 나는 그 가운데 껴서 소리를 질렀다.

"이쪽으로 오잖아!"

"공격 안 한다고! 물어! 아니, 넌 사람이지. 팍 쳐! 팍!"

"뭘 쳐! 뭘 물어!"

이채가 문 쪽에 딱 버티고 서서 와르릉대자 도망치려던 애벌레가 어디로 가야 할지 모르겠다는 듯 우왕좌왕했다. 이채가 외쳤다.

"공격할 수 있는 사람은 너뿐이라고, 정신 차려!"

그건 맞는 말이었다.

"회장한테서 얼마 받았어!"

이채의 말이 이번에는 확실하게 먹혀들어 갔다.

에피소드 1. 금기, 택일(禁忌, 擇日)

돈을 생각하면 여기서 그만두려야 그만둘 수가 없었다. 이번 의뢰는 한 사람의 것이 아니기 때문이었다. 지금까지는 의뢰를 한 개인이 돈을 줬지만 이번에는 뜨개 동아리 부원들이 돈을 걷어서 줬기에 액수가 꽤 컸다.

"하, 간다."

나는 옆에 놓여 있던 작은 위빙 틀을 집어 들었다. 요새 유행하는, 나무틀을 사용한 뜨개질 도구였다. 누구 것인지 모르는 물건을 함부로 쓰려니 찜찜했지만 어쩔 수 없었다.

나무틀을 손에 꽉 쥐고서 크게 휘둘렀다.

빠악!

몸을 둥그렇게 만 애벌레가 뒤로 넘어갔다. 이채가 내 손가방을 던졌다. 지퍼가 열린 가방 안에서 어젯밤에 잘 접어 놓은 종이학들이 흩날리며 쏟아졌다. 반짝이는 종이로 만들어 보석처럼 보이는 종이학들이 쓰러진 애벌레 위로 떨어졌고 곧 학들은 제 본분을 다하기 위해 움직이기 시작했다.

새는 벌레를 먹는다. 그 간단한 원리를 실천하는 데 돌입한 것이다.

"으악!"

나는 이내 비명을 질렀다.

종이학이 애벌레의 표피 위를 쿡쿡 찔러 구멍을 내자 뜨뜻미지근한 물이 분수처럼 솟아올라 나를 적셨기 때문이었다.

"… 큽."

내 꼴을 본 이채가 참지 못하고 결국 웃음을 터뜨렸다.

"야!"

나는 소리를 질렀지만 이채는 바닥을 좌우로 구르면서 손발, 아니 발 네 개를 저어 가며 웃었다. 종이학들은 그 와중에도 착실히 자기 할 일을 했다. 사각거리는 소리를 내며 애벌레를 먹어 치웠다.

"하. 진짜 이게 무슨."

당장이라도 씻고 싶었지만 처리해야 할 일들이 남았다. 나는 남은 고치들을 박박 긁어다가 커다란 고무 대야에 전부 집어넣었다. 새하얀 고치들이 둥실둥실 물 위에 떴다. 이제 다 녹을 때까지 저으면 됐다. 고치들이 서로 엉겨 붙어서 생각보다 잘 녹지 않았다. 나는 나무 주걱을 이리저리 옮기며 겨우겨우 저었다. 옆에서 이채가 계속 훈수를 두었다.

"야, 저쪽까지 잘 저어야지."
"저기도!"

고양이 발로 여기저기를 쿡쿡 건드리는 통에 짜

에피소드 1. 금기, 택일(禁忌, 擇日)

중이 났지만 이것들을 처리할 수 있는 방법을 알려
준 게 이채라서 꾹꾹 참았다.

고치들이 녹은 물은 곧 끈적해졌고 마침내 죽처
럼 변했다. 나는 그제야 겨우 진짜 소파에 앉아 이
채가 그 죽을 짭짭 소리를 내며 아주 맛있게 먹는
꼴을 가만히 보았다. 창을 통해 들어오는 햇살이
강렬했다.

"맛있냐?"
"그럼. 이 좋은 걸 나만 먹어서 조금 그렇네."
"아니. 그냥 너 다 먹어."
"줄 생각도 없었지마는."
"짜증 나네."

내가 옆으로 다가가는 척하자 이채가 왜오옹, 하
는 울음소리를 냈다. 다가오지 말라는 뜻이었다.

"안 가, 안 가! 이 돼지 고양이."

안심한 이채가 고개를 처박고 찹찹 먹는 소리가
났다. 열린 창문 사이로 청량한 바람이 훅 불어왔다.
그 바람이 땀에 살짝 젖은 내 머리카락을 흔들고 지
나갔고 그러자 조금, 묘하게 기분이 괜찮아졌다.

뜨개 동아리방의 꽤 큰 창문으로 전해지는 바깥
공기가 상쾌해서인지, 이 일로 받을 금액이 떠올라
서인지, 소파 등받이의 기울기가 딱 적당해서인지,
정확히 알 수는 없었지만.

여기저기 애벌레의 잔재가 남아 있는 것 정도는 신경 쓰이지 않았다. 어느새 그 큰 대야를 다 비운 이채가 휙 소파 위로 올라와 몸을 둥그렇게 말았다. 살이 통통하게 오른 이채의 등이 내 허벅지에 닿았다.

딱 닿은 면적만큼의 온기가 전해졌다. 이채가 숨을 쉴 때마다 맞닿은 내 피부도 함께 오르락내리락거렸다.

처음으로 그런 생각이 들었다. 어쩌면 이런 능력을 갖고 태어났어도 그럭저럭 잘 살아갈 방법이 있을지도 모른다고. 어쩌면, 어쩌면.

외할머니처럼 그렇게 되지 않고.

엄마처럼 그렇게 되지 않고.

그날도 의뢰를 받은 날이었다.

"은파, 마지막으로 나갈 거지?"

교실 밖으로 나가던 애들 중 하나가 물었다. 나는 얼른 고개를 들고 온순한 표정으로 끄덕였다.

"그럼 나가면서 문 잠가 줘."
"알겠어."

하교하는 애들의 잡담 소리가 멀어져 가는 걸 들

으면서 애매하게 일어나 있던 나는 다시 자리에 앉았다. 예전 같으면 반 애들이 나를 없는 사람 취급했을 텐데 이런 변화도 의뢰의 순기능이었다. 나는 고요해진 교실을 한 번 둘러보았다.

창백한 형광등 불빛은 교실 안에 꽉 차 있었지만 금방이라도 부서질 것처럼 얄팍했다. 낮 시간 동안 애들이 내뿜은 쌩쌩한 기운이 빠져나간 자리엔 아직 그 여운이 남아 소란한 고요가 맴돌았다.

"야, 이채."

대답은 돌아오지 않았다. 몰래 만날 시간을 확보하려고 자율 학습 시간이 끝난 뒤에 남았더니만 어딜 갔는지 알 수가 없었다.

"뭐야. 그럼 기숙사 돌아가서 기다릴까."

가방을 챙기다 문득 밀려오는 바람이 느껴져 창문을 바라보았다. 교실 안에 혼자 있는 내 모습이 비친 창문 너머로 3학년 별관이 보였다. 뭔가 이상했다.

"응?"

무슨 일인지 별관 교실 불이 전부 다 꺼져 있었다. 평소 같으면 3학년들은 아직 자율 학습을 할 시간이었다.

"오늘이 모의고사 보는 날이었나?"

하지만 그렇다고 해도 남아서 공부하는 사람이 한 명도 없을 리가 만무했다. 그럼, 지금 3학년들은 다 어디서 뭘 하고 있을까?

쏴아아아.

다시 한번 바람이 불어왔다. 바람이 닿은 곳이 꼭 얇은 비닐이 붙은 것처럼 사그락댔다. 어쩐지 소름이 돋아 몇 번을 문질러 봤지만 그 느낌이 사라지지 않았다. 얼른 가방을 챙기는데 불현듯 이런 생각이 들었다.

'날짜가 좋지 않잖아.'

날짜? 무슨 날짜. 얼른 핸드폰을 꺼내 달력을 확인했지만 별다른 일은 없었다. 특별한 날도 아니었고 잊어버린 스케줄도 없었다. 하지만 뭔가가 계속 머리에 진득하게 들러붙었다. 심상치 않았다.

어둠 속에 옹송그리고 있는 3학년 별관을 곁눈질하면서 가방을 들쳐 멨다. 조용히, 하지만 빠르게 교실 문을 잠그고 열쇠를 위쪽 창문틀에 올려두었다. 이제 어두워진 복도 창문 너머의 모습이 좀 더 명확히 시야에 들어왔다.

나는 얼른 우리 반과 가까운 동쪽 경사면으로 향했다. 1층부터 4층까지 이어져 있는 경사면이었다. 경사면 벽의 창문은 보통 계단 벽에 있는 창문들보다 큰 통창이라 바깥이 잘 보였다. 눈이 내리는 날

에피소드 1. 금기, 택일(禁忌, 擇日)

이면 다들 경사면 창문틀에 매달려 바깥 풍경을 구경하곤 했다. 나는 조심스럽게, 하지만 최대한 빨리 경사면을 내려가면서도 창문 쪽을 보지 않으려고 애썼다.

끽끼익.

실내화로 신은 슬리퍼가 경사면과 부딪쳐 마찰음을 냈다. 그런데 오늘이 무슨 날이더라.

발이 점점 더 빨라졌다. 비스듬히 아래로 향하는 경사면이 내 발밑에서 더 빨리 움직였다. 오늘부터 뭔가가 시작되잖아.

아니 아니. 머리를 흔들었다.

번쩍.

순간적으로 고개를 들 수밖에 없었다. 긴 경사면에 내 그림자가 길게 이어졌다. 여기가 2층이었나. 아닌가. 그런데 오늘이 며칠이더라?

창문 밖을 불빛이 새하얗게 물들였고 그 사이로 뭔가가 보였다.

그 사람도 나처럼 놀란 얼굴을 했다. 별관에도 누군가 남아 있었다는 사실에 안도감이 들었다. 갑자기 무슨 마른하늘에 날벼락이람. 빨리 기숙사에 들어가야….

그런데 말이야.

저 창문에 얼굴이 보이면,

안 되지 않나?

머리털이 쭈뼛 섰다. 별관 계단 쪽 창문은 지을 때 뭐가 잘못되어서 사람 키보다 훨씬 높은 곳에 났다는 이야기를 들은 적이 있었다. 그럼 저기에 사람 얼굴이 비치려면. 지금 보이는 저 얼굴은 도대체.

끽긱-끽!

경사면을 내려가는 발걸음을 멈출 수가 없었다. 가속도가 붙어 버린 다리는 앞으로만 내달렸다. 브레이크가 고장 난 자동차처럼.

그리고 그런 자동차가 맞이하게 될 끝은.

누군가 내 발을 아주 살짝 미끄러뜨렸고 나는 넘어지면서 경사면을 온몸으로 받았다. 4층에서부터 뛰어 내려오는 동안 생긴 관성의 힘이 나를 떠밀었고 그 힘에 밀려 바닥을 굴렀다.

철 난간과 시멘트 바닥에 몇 번을 부딪친 다음에야 가까스로 구르기를 멈출 수 있었다. 바닥에 쓰러진 내 위로 저 멀리 중앙 현관에 있는 커다란 괘종시계의 둔탁하고 낮은 종소리가 뎅, 하고 깔렸다.

에피소드 1. 금기, 택일(禁忌, 擇日)

데엥. 데엥.

그 낮은음들은 꼭 여러 사람이 합창하는 소리 같았다. 그림자 속에 앉아 가부좌를 튼 채 입만 벙긋거리는 무언가의 모습이 내 머릿속에 떠올랐다. 이게 도대체 무슨 장면인지, 어떤 기억인지 알 수 없었지만 떠오른 장면은 점점 더 강렬해질 뿐이었다.

뎅.

힘겹게 고개를 들어 올렸다. 내가 쓰러져 있는 1층 동쪽 현관의 문 앞에, 뭔가가 매달려 있는 게 보였다.

두 개의 발이 현관 위에서 덜렁거렸다. 발 그림자가 길게 늘어져 내 손끝에 닿았다.

나는 그제야 뭘 잊고 있었는지 깨달았다. 오늘이 무슨 날이지?

구간제다, 구간제가 시작되는 날이야.

눈 안쪽에서 불꽃이 튀는 것 같았다. 구간제는 각 도시에 있는 신들이 하늘로 올라가는 기간을 의미했다. 그렇게 신들이 올라가 지상을 비워 두는 동안엔 이 땅에서 무슨 일을 벌여도 동티가 나지 않았다.

대체 누가 이런 방법을 생각해 냈지? 누구야, 대체 어떤 잡것이.

이 도시에서 사라진 지 이미 오래된 풍습인 구간제를 틈타 누군가가 개짓거리를 벌여 놨다는 게 느껴졌다.

하지만 더 무서운 건 그다음에 든 생각이었다.

어둑한 별관. 그렇다면 3학년 선배들은 이런 일이 일어날 걸 미리 알고 있었다는 건가?

그래서 모두가 이렇게 싹 피해 버린 거야? 지진에 개미 새끼들 도망치는 것처럼?

에피소드 1. 금기, 택일(禁忌, 擇日)

정오의 햇살은 그림자를 날카롭게 직각으로 땅바닥에 내리꽂았다. 나는 고개를 들어 서쪽 현관 앞에 달린 그것을 보았다. 동그마한 머리통들이 지극히 밝은 햇살 아래 주렁주렁 꿰어져 흔들렸다. 복조리처럼 매달린 머리통들은 흡사 십일면관세음처럼 보이기도 했다. 비록 면면히 이어진 번뇌를 전혀 끊지 못한 얼굴들이긴 했지만.

"저거 아직도 걸려 있네."

"뭐야, 대체 언제 치운대? 선생님들한테 말했는데 왜 아직까지도 저 모양이야?"

현관 앞에 걸린 머리통들은 각각 다른 인형에서 뜯어 온 것들이었다. 각양각색의 동물과 사람 머리들이 무참히 잘린 채로 흔들렸다.

에피소드 2. 청신(請神)

어젯밤 내가 본 것도 저런 것이었다. 나는 3학년 교실 창문을 바라보았다. 창문 가장 끝부분에 달린 머리는 본격적인 마네킹 머리였다. 부릅뜬 눈으로 이쪽을 보고 있는 마네킹 머리의 입술 끝은 묘하게 뒤틀려 있어 보는 사람을 비웃는 것처럼 느껴졌다.

"너 몰라? 저거 3학년 언니들이…."

대답하던 1학년 애가 곧 입을 다물었다.

주렁주렁 매달아 놓은 머리들 아래를 무심하게 지나가는 3학년들이 보였다. 체육복을 대충 꿰입은 채 머리를 질끈 묶고 허여멀건한 얼굴로 머리통 아래를 지나는 3학년 선배들의 모습은 흔들리는 머리보다도 더 무서웠다.

못 본 건 아니었다. 아니, 선배들은 오히려 머리통들이 잘 매달려 있는지 일일이 확인했다. 그 눈빛에 어린 기묘한 냉정함이 섬뜩했다.

머리들은 그날 하루 내내 같은 자리에서 흔들렸다. 선생님들도 모두 그 사실을 아는 눈치였다. 모를 수가 없었다. 저렇게 떡하니 학교 곳곳에서 보이는걸. 1, 2학년생들이 아무리 불만을 표해도 선생님들은 그저 애매하게 웃어넘길 뿐이었다. 결국 이번 주만 대충 참아 보라는 말이 문학 선생님 입에서 나왔다.

"자꾸 마주치다 보면 저런 것에도 정들 수 있어.

그렇지?"

툭 치면 부서질 것 같은 문학 선생님은 길게 내려온 앞머리를 버릇처럼 넘겼다. 그러자 문학 선생님을 향해 누군가 말했다.

"저거, 제삿밥인 거죠."

그건 덩어리의 목소리였다. 누구 한 명의 목소리가 아니라 우리라는 하나의 덩어리에서 흘러나온 목소리. 그래, 다 같이 합창을 할 때 나는 중간 음의 목소리 같은. 막 교과서를 들고 나가려던 문학 선생님이 발걸음을 멈췄다.

금테 안경 뒤의 퀭한 큰 눈이 우리를 훑었다. 우리가 아니라 사람과 사람 사이의 간격, 그 어딘가를 훑는 눈치였다. 나는 교실 뒤쪽에 잠자코 앉아 있었다. 일부러 문학 선생님의 눈이 아니라 낡은 체크 남방을 쳐다보면서. 어젯밤 그 난리를 쳤으니 오늘은 조용히 지내는 것으로 족했다.

"응? 누가 뭐라고 했지?"

부드러운 목소리였다. 하지만 단어 사이사이에 스미어 있는 그 톱밥 같은 느낌을 우리는 금방 알아차렸다. 차마 숨겨지지 못한 뻑뻑한 감정의 조각들. 모두가 입을 다물었다. 문학 선생님이 힘없는 미소를 지었다.

에피소드 2. 청신(請神)

"다들 쓸데없는 데 너무 신경 쓰지 말고 해야 할 일이나 잘하도록. 그럼, 다음 시간에 보자."

아이들은 서로의 얼굴을 잠깐 바라보았다.

저 사람은 우리가 해야 할 일이 뭐라고 생각하는 걸까? 학생답게 공부하는 것? 아니면….

어떻게든 잘 살아남는 것?

그 '잘 살아남는 것'이란 우리의 육체만이 아니라 영혼도 포함하는 얘기일까.

3학년 별관이 내려다보이는 창문을 흘깃거렸다. 교실마다 오체분시된 인형들이 내걸려 빙글거리고 있었다.

제삿밥.

그 말이 딱 맞았다. 저건 제삿밥이다. 하지만 누구를 위한?

제사는 기원이다. 기원을 올릴 때는 뭔가를 바친다. 제물을 바치는 행위를 통해 인간의 힘으로 이루지 못하는 무언가를 대신해 줄 큰 존재가 강림할 수 있는 시공간을 만들어 낸다.

저렇게 거대한 제사상이라니.

판을 벌여도 너무 크게 벌였다는 생각이 들었다. 기숙사로 가려는데 누군가 내 어깨를 붙잡았다.

"야."

"네가 타로 카드 본다는 개야?"

3학년 선배 두 명이었다.

"… 네. 그런데요."

예전 같으면 선배들 앞에서 대답도 하지 못했을 텐데 장족의 발전이었다. 목소리가 작게 나가는 건 아직 어쩔 수 없었지만.

"우리 시간 없거든? 카드 지금 있어?"

"있긴 한데요."

"그럼 들어와."

"네?"

되물음에 선배 중 하나가 입만 끌어 올리며 웃어 보였다. 눈은 전혀 웃고 있지 않았다.

"우리 바쁘다고 했는데."

마지못해 선배를 따라 본관과 별관을 잇는 복도를 가로질렀다. 복도라고는 하지만 두 건물 사이 군데군데에 철제 기둥을 박아 대충 위만 막아 놓은 형태였다. 본관의 교무실에서 나오는 선생님들이 3학년 교실에 수업하러 갈 때 비 맞지 말라고 설치한 것이었다.

툭 터진 복도 오른쪽으로는 잔디가 깔린 마당이 있었다. 4층 창문에서 거길 내려다보면 3학년 선

에피소드 2. 청신(請神)

배들이 해바라기를 하거나 멍하니 앉아 있는 모습이 종종 보였다.

복도 왼쪽으로는 오래된 연못이 하나. 학교에 있는 연못치고는 꽤 큰 편으로 그 크기가 배드민턴 코트 두 개를 합친 정도였다. 네모난 연못 가운데에는 둥그런 외딴섬이 하나 있었다. 물 관리가 되지 않아 수초니 잡풀이니 제대로 우거진 그 연못에 발이라도 빠뜨리면 피부병에 걸린다는 소문이 돌았다.

"들어와. 뭐 해."

그 말에 내가 별관의 입구 앞에 멍하니 서 있었다는 것을 겨우 알았다. 별관 입구 돌계단은 군데군데가 닳아 빠져 있었다. 별관은 암묵적으로 3학년만의 공간이라고 여겨지는 곳이기에 내가 들어가도 될지, 망설임이 앞섰다.

이쪽과 저쪽.

바깥에는 뜨거운 햇살이 내리쬐고 있는데 입구 안쪽은 너무나 짙은 그늘 속이었다. 나는 이편에 서서 출입이 금지되어 있던 안쪽을 보다가 결국 선배들의 뒤를 따라 그 속으로 불쑥 들어갔다.

한 발 들어서자 짙은 그림자가 정확히 내 위로 드리워졌다. 동시에 저편의 세계와는 뚝 단절된 것 같았다. 별관 안으로 들어오는 누군가의 흰 교복

자락이 그늘에 물들어 가는 모습이 시야에 잡혔다.

그늘 안에선 오래된 지하실 냄새가 났다. 복도를 지나가자 다른 3학년 선배들이 한 번씩 흘깃거리는 게 느껴졌다. 이곳만의 분위기가 고스란히 나를 찍어 눌렀다.

무게를 지닌 뭔가가 공기 대신 이 안을 꽉 메우고 있었다. 한 걸음을 내디딜 때도 평소보다 더 힘을 주어야 했다. 술렁이는 바람이 밖으로 빠져나가지 못하고 차곡차곡 쌓여 있었다. 불길한 공기가, 숨 막히는 압박감이 살갗 위로 느껴졌다. 밀려왔다가 쓸려 나가기 전에 또 밀려왔다. 그렇게 오래도록 켜켜이 퇴적된 밀도감은 도저히 무시할 수가 없었다.

"앉아."

한 교실의 뒷문으로 들어서 끝자리에 앉으니 보이는 건 자리에 앉아 공부하는 3학년 선배들의 흰 등뿐이었다. 마주 앉은 선배의 턱짓에 나는 얼른 카드를 꺼냈다.

칠판에는 수능까지 며칠이 남았는지가 적혀 있었다. 아침에 눈을 떠서 밤에 다시 눈을 감을 때까지, 단 하나의 목적만을 가지고 움직이는 3학년의 길고도 짧은 1년.

결코 다시는 돌아오지 않을 시간을 제사상 위에

에피소드 2. 청신(請神)

올린 채 두 손을 모아 공손히 빌고 또 비는 시간.
그러나 제아무리 방울과 징을 울려 봤자 공수를 받
을 사람도 피를 볼 사람도 이미 정해져 있다.

그런 생각을 하며 나는 책상 위에 카드를 쭉 밀
어 놓았다.

"고르세요."
"몇 장?"
"질문당 하나요."

뿔테 안경이 끝에 있는 카드를 손가락으로 짚었
다. 긴 얼굴이 살짝 고개를 흔들었다. 그 옆의 옆 카
드를 짚자 이번에는 긴 얼굴이 위아래로 끄덕였다.

"이거."
"확실해요?"

내 질문에 둘의 얼굴에서 표정이 멍하니 사라졌
다. 흰색 교복을 입은 등들, 색이 빠져 희어져 버린
얼굴들.

"응, 맞아."

창백한 얼굴에서 입만이 경쾌하게 움직였다. 선
배들이 뽑은 카드를 내 쪽으로 끌어왔다.

어차피 카드 리딩은 내가 스스로 생각한 바를 말
하는 게 아니다. 그저 보이는 대로 읽는 것뿐이지.
자, 카드는 무엇을 보여 줄 생각인가?

카드 속 그림과 시선이 마주쳤다.

커다란 입, 바늘처럼 가느다란 목, 불뚝 튀어나온 배. 입속으로 뭔가를 계속 욱여넣으려 하지만 입에 닿는 족족 전부 불덩이로 변하고 만다.

지옥도 속 아귀가 그려진 카드. 누가 봐도 이 카드가 말하는 건 단 한 가지였다.

"부족하다는데요."

일순 정적.

순간 주변이 아주 고요해졌다. 사각이던 샤프 소리도, 문제집 책장을 넘기던 소리도, 계속 발을 떠는 누군가가 내던 소리도, 쿵쿵거리며 콧물을 삼키던 소리도, 계속 이어지던 한숨 소리도, 덜덜거리며 돌아가던 선풍기 소리도, 복도 밖에서 들리던 시끄러운 소리도, 심지어는 새와 바람 소리마저 순식간에 딱 멈추어 버렸다.

소리가 빠진 자리를 싸한 감각이 채웠다. 그런 말이 있지 않은가. 갑자기 사방이 조용해지면 귀신이 지나간 거라고.

쿵쾅거리는 내 심장 소리가 들렸다. 펄떡이는 맥박이 내 귀를 칭칭 감고 있는 것 같았다. 온몸에서 아드레날린이 쭉쭉 분비되는 게 느껴졌다. 위험을 앞두고 도망칠 힘을 끌어올릴 때의 본능적인 감각이었다.

에피소드 2. 청신(請神)

스윽.

시야 끝에 뭔가가 걸렸다. 짤랑.

방울 소리와 함께 뒤에서 나온 하얀 손가락. 잘그락거리는 소리가 귓가에 들렸다. 하얀 뼈끼리 부딪치는 듯한 그 소리. 나는 그대로 얼어붙었다.

"아. 부족하대? 이걸론?"

정적을 깨트린 건 그 목소리였다. 부드럽고 살짝 낮은 음성이었다. 나는 동시에 참았던 숨을 확 터뜨렸다. 헐떡이는 내 등을 두드려 준 사람은 다름 아닌 기율 선배였다.

그와 동시에 소리가 다시 들리기 시작했다.

쭉 밀려오는 소리, 불온한 기운이 빠진 자리에 남은 평범함이 교실을 에둘렀다.

"너희들은 왜 1학년 애를 데려다가 괜한 걸 물어보고 그래."

기율 선배가 가볍게 타박하자 앞에 앉아 있던 두 선배의 얼굴에 색이 확 돌아왔다. 꿈을 꾸다 갑자기 일어난 듯 얼떨떨한 얼굴들이었다.

"아, 아니. 하도 타로를 잘 본다는 소문이 돌아서…."

변명처럼 들리는 대답에 기율 선배는 그저 한 번

웃어 보였다. 두 선배가 얼렁뚱땅 자리를 뜨자 근처에는 기율 선배와 나만 남게 되었다. 기율 선배의 두 눈동자가 나를 바라보았다. 시릴 정도로 새하얀 기율 선배의 흰자에는 엷은 서리 같은 게 끼어 있는 듯했다.

그럴 수가 없는데도.

기율 선배가 가볍게 내 어깨를 감싸고 고개를 숙였다. 선배의 목소리는 이제 바로 내 귀 옆에서 들려왔다. 미친 듯이 두근거리는 내 심장 소리가 선배에게 들릴까 봐 걱정이 됐다.

"부족하다고. 그래. 그럼, 어쩌지. 할 수 있는 만큼은 했는데."

기율 선배가 긴 손가락 끝으로 카드에 그려진 아귀를 톡톡 쳤다.

"있잖아, 은파야."

선배의 목소리는 농밀하고 투명한 꿀이 귓속으로 녹아드는 것 같은 감각을 일으켰다. 수천, 수만 마리의 벌들이 꽃에서 빨아 온 그 축적물들이 한번에 와르르.

"들어 본 적 있어? 우리 연못 붕어 이야기 말이야."

내가 대답하지도 않았는데 선배의 검은자위가 휙 창문 너머로 향했다. 나도 어쩔 수 없이 고개를

에피소드 2. 청신(請神)

돌렸다. 제멋대로 풀이 자라난 연못이 보였다. 깊이를 알 수 없는 암녹색의 연못 물이 이따금 부글거렸다.

"겨울에는 연못이 다 얼잖아. 가끔 저기에서 스케이트를 타겠다는 애들도 나오거든. 그렇게 모조리 꽝꽝 어는데 봄이 되면 또 어디서 저렇게 붕어들이 새까맣게 나오는지."

나지막한 선배의 목소리에는 빈 공간이랄까, 여백이라고 해야 할까 그런 것들이 많아서 사람을 훅 빨아들이는 기운이 있었다.

"먹붕어라고 하던가. 저걸."

그건 나도 본 적 있었다.

보통 호수 같은 데 있는 색깔이 고운 비단잉어가 아니라 수면에 닿으면 그림자처럼 일렁이는 거무튀튀한 비늘을 가진 놈들이었다.

"대체 겨울 내내 붕어들은 어디에 있었을까? 연못 밑바닥까지 얼어 버리는데."

선배가 뭘 말하고 싶어 하는지 감을 잡을 수 없었다. 붕어들이 어떻게 겨울을 나는지는 내가 알 바가 아니었다. 하지만 선배는 계속 말을 이었다. 천천히.

"저런 연못에는 그래서 바닥에 커다란 항아리를

하나 묻어 둔다더라. 사람 하나는 충분히 들어가고도 남을 만큼 커다랗고 깊은, 아주 크고 아주 깊은 항아리를 묻어 두는 거지. 물은 얼어도 그 밑의 땅은 잘 얼지 않잖아. 깊이 들어가면 지열도 있고 하니 항아리 안의 물까진 얼지 않는 거야."

속이 둥글게 뻥 파인 장독 항아리가 하나 보인다.

거칠거칠한 표면의 질감이 고스란히 느껴질 정도였다. 그 안에 쏙 빠진 채로 무언가 외쳐 봐야 소리는 웅웅거리며 다시 돌아올 뿐 저 위의 작은 입구에는 도달하질 못한다.

"보통 그 항아리 안에서 붕어들이 잔뜩 모여 겨우살이를 하는데 말이지."

둥그런 항아리, 배불뚝이 항아리.

제 배에 붕어 새끼들을 잔뜩 품은 항아리.

"겨울에는 먹을 것이 없잖아. 그냥, 소문인데 몇 년 전에 그 항아리 안으로 사람이 빠졌다네? 바닥에 묻은 항아리는 깨지지 않고 나갈 수 있는 입구는 얼어붙고."

둥그런 항아리, 배불뚝이 항아리.

제 배에 붕어 새끼들을 잔뜩 품은 항아리.

에피소드 2. 청신(請神)

사람 하나 들어가도 찾을 수가 없네.

"자, 그럼 어떻게 해. 겨우내 먹붕어들과…."

검은 먹붕어들이 꾸역꾸역 모여 비늘과 지느러미를 비벼 댄다. 뻐끔거리는 입이 여기저기에 닿는다.

싫어. 싫어.

싫다고!

"이듬해 먹붕어들 살이 그렇게 통통하게 올랐다지."

따사로운 봄 햇살을 맞는 붕어들의 결 고른 비늘과 자르르 윤기가 흐르는 꼬리와 통통하게 불어 오른 몸체가 희번덕거린다.

그해 입학한 신입생들이 연못가에 서서 먹붕어를 보며 신기하다고 손뼉을 친다. 먹붕어의 감기지 않는 눈들이 신입생들을 쳐다본다. 과연 이번 겨울에는 누가.

교실에 앉아 있는 3학년 선배들 사이 허공에 뜬 물고기들이 비릿한 냄새를 풍기며 물결을 만들어 냈다. 그 물결에 누군가의 머리칼이 날렸다.

"그런데 부족하단 말이지."

기율 선배의 말에 훅 현실로 돌아왔다.

"예?"

얼떨떨한 내 되물음에 기율 선배가 살짝 고개를 외로 꼬았다. 진득한 여름 햇살이 그 날카롭고 단단한 턱선을 타고 흘러내리다 못해 뚝뚝 무릎 위로 떨어졌다.

"네가 그랬잖아. 부족하다고. 그럼 어떡해야겠어."

기율 선배가 슬쩍 내 쪽으로 어깨를 기울이곤 속삭였다.

"채워야지. 넘칠 만큼. 원래 넘치는 게 부족한 것보다는 낫다지 않아?"

예에, 뭐 이런 얼빠진 대답을 했던 것 같다. 기율 선배가 옆에 있던 누군가를 불렀다. 노란색 3학년 명찰에는 '이솔'이라는 이름이 자수로 박혀 있었다.

"이왕 온 김에 솔이한테도 타로 점 한번 봐 줘."

이솔 선배의 윤기 나는 검은 머리칼 위로 햇살의 무늬가 물그림자처럼 떠 갔다. 나는 어느새 카드를 펼쳐 놓고 있었다.

"골랐어, 이거."

이솔 선배가 조심스럽게 고른 한 장을 내밀었다. 생각 없이 뒤집은 카드에는.

높게 쌓여 있는 장작과 아래쪽에 붙은 불, 그리고 장작더미 위에 놓여 있는 검은 고양이.

에피소드 2. 청신(請神)

몰려든 사람들의 부릅뜬 눈은 장작불에 고정되어 있었다. 일련의 모든 과정이 끝날 때까지 한눈팔지 않고 지켜보겠다는 얼굴들이었다. 그 가면 같은 얼굴에 깃든 애매한 희열이 금방이라도 터져 나올 것 같았다.

"음…. 다시 뽑죠."

이솔 선배는 말없이 카드를 다시 골랐다. 하지만 이미 비슷한 경험을 해 본 나는 그런다고 다른 카드가 나올 리 없다는 걸 잘 알고 있었다. 이솔 선배가 다시 고른 카드를 뒤집기 전에 나는 넌지시 물었다.

"질문이 뭐였어요?"
"응?"
"이 카드 뽑기 전에 생각한 질문이 어떤 거였는지 궁금해서요."
"아."

이솔 선배가 고개를 들어 올렸다. 분명 어디선가 한 번 본 듯한 얼굴이었다. 하지만 마주친 곳이 어디였는지 통 기억이 나지 않았다. 이솔 선배가 방긋 웃으면서 대답했다.

"내 미래가 어떨지 물었어."

머리가 지끈지끈 아팠다. 약을 먹으려면 밥을 조금이라도 먹긴 해야겠기에 슬리퍼를 끌면서 기숙사 급식실로 향했다. 영 찝찝하고 입맛이 돌지 않았다. 3학년 교실에서 있었던 일에, 기율 선배가 들려준 이야기, 그리고 이솔 선배의 카드 리딩 결과까지.

카드가 의미하는 바는 명확했다. 끝. 순교자. 종말. 없음. 무(無).

식판을 받아다가 자리에 앉았다. 기숙사 급식실의 넓은 창문 너머로 학교 전경이 눈에 들어왔다. 본관 뒤편에 있는 3학년 별관은 여기서는 보이지 않았지만 보이지 않는다고 해서 그 건물의 느낌까지 없어지는 건 아니었다.

"… 그래서 일주일이나 저걸 그대로 둔다고? 어이없어."

"어쩔 수 없잖아. 언니들이 그렇게 하자고 했다는걸."

대각선 건너편에 앉은 애들의 이야기 소리가 들려왔다.

기숙사에는 많은 이야기들이 흘러 다닌다. 낮의 학교에서는 말할 수 없었던 이야기들도 밤의 기숙사에서는 쉽게 꺼낼 수 있을 것 같은 느낌이 들기 때문일까.

에피소드 2. 청신(請神)

3학년들 사이에서 도는 이야기는 급식실에서 3학년 옆자리에 앉는 2학년생들의 입을 거쳐 곧 우리의 귀에도 들어왔다.

3년마다 한 명씩 나와야 한대….

안 나왔을 때는…?

왜 예전에 수능 망쳐서 수험생이 아파트에서 뛰어내린 적 있잖아, 그게 안 나왔을 때 생긴 일이래.

그게 그래서였다고? 그럼 그 미친년 병원에 실려갔을 때도?

맞네, 맞아. 그런 식으로 완전 망하는 거야? 대박.

  소곤거림 사이에 불안에 떠는 목소리들이 더 많아진다. 흔들리는 음성이 베이스로 깔린 채 사람들 사이를 오간다. 듣는 사람마저 덩달아 불안하게 만드는 기운이다.

한번은 불도 났었지

불? 나는 고개를 갸웃거렸다.

화났었어 우리가

어

그렇지 그렇지

  동조하는 목소리가 계속 이어졌다. 대체 어떤 것

에 화가 났다는 건지 도통 알 수가 없었다.

왜 없었어 우리에게 약속했었잖아 3년마다 하나씩

다 죽여 버릴

식판을 향했던 고개를 퍼뜩 들어 올렸다. 화난 목소리들이 흔적도 없이 사라졌다. 주위를 둘러봤지만 입을 열고 있는 사람은 없었다.

"…."

불안감만이 덩그러니 남았다. 푸른 기가 죽죽 도는 창백한 형광등 불빛 아래 멀건 국을 숟가락으로 뜨고 있는 3학년생들. 모두 입을 꾹 다문 채 영단어 노트를 보거나 이어폰을 낀 채 인강을 들으며 기계적으로 수저를 움직이기만 했다.

그런 3학년 선배들을 보니 나는 문득 궁금해졌다.

'진짜로 믿는 걸까? 그 전설을? 모두가?'

하기야 그렇지 않다면 별관에 있는 3학년 각 반에 오체분시한 인형을 가져다 걸 이유가 없었다. 모두 똑같이 뻔뻔한 얼굴을 하고 자리에 앉아 있는 선배들의 머릿속에 그런 생각이 들어 있다고 생각하니 소름이 끼쳤다.

평범하게 밥을 먹고 평범하게 인강을 듣는 그 모습 어딘가에 도사리고 있는, 똘똘 뭉친 불안감이

에피소드 2. 청신(請神)

날카로운 조각조각을 맞춰 간다. 그 조각들이 어떤 모양을 만들어 낼지는 모조리 분위기에 달려 있다. 이름을 정확히 붙일 수 없고 누구의 명령으로 생긴 것이 아닌, 여러 사람이 모여서 형성한 분위기가 행위의 형태를 결정지었다.

"… 그런데 올해는 아직도 안 나왔다는 말이잖아."

"그래서 저런 미친 짓까지 한 거지."

소문인즉 이러했다. 우리 학교는 이 도시에서 대학 진학률이 가장 높았다. 광역시가 아닌 지방 도시의 평범한 고등학교에서 이렇게 높은 입결을 보이는 건 드문 사례긴 했다. 그 좋은 진학률을 유지하기 위해선 하나가 필요했다.

3년에 한 명씩.

"올해에는 크게 다친 사람도 없고 죽은 사람도 없으니까 대신 인형을 저렇게 찢어다가 걸어 놨다고 하더라고."

액막이와 비슷했다. 살아 있는 제물이 없으면 모양이 비슷한 다른 제물로 대체한다는 점에서.

죽은 사람이 나오는 해의 입시 결과는 가히 최고였다. 좋은 대학에 턱턱 붙는 사람들이 줄지어 나왔다. 다치는 사람이 나올 경우엔 피를 많이 보면 볼수록 좋았다.

소문에 따르면 그 전설이 실현되지 않은 때도 있

었다. 피를 본 '누군가'가 나오지 않은 지 3년째가 되는 해의 입시는 그야말로 전멸 수준이었다. 성적 비관 자살이 이어졌고 재수를 준비하다가 미치광이가 된 사람이 생겼고 수시 시험을 보러 가다가 사고를 당한 경우까지 나왔으니, 수험생들은 불운으로 줄줄이 엮여 들어갔다.

그리고 올해.

올해에는 아직까지 아무도 죽거나 다치지 않았다. 수능이 100일 정도 남은 지금, 3학년들이 느끼고 있을 당혹감과 초조함을 이해할 수 있었다. 그래서 선배들은 인형을 대체재로 삼아 저런 짓을 벌였고 전설에 대해 잘 아는 선생님들은 어쩔 수 없이 눈감아 주었을 것이다. 저걸 치웠다가 3학년들이 입시에 실패한 원인으로 찍히고 싶은 사람은 아무도 없을 테니.

"잠깐만⋯."

거기까지 생각한 나는 잠시 멍해졌다. 그제야 내가 어떤 잘못을 저지른 건지 알아챘다.

책상에 놓인 가느다란 목을 가진 아귀의 카드. 그리고 나는 말한다. 카드의 의미대로.

"부족하다는데요."

나는 몇 시간 전 그렇게 말했던 내 목을 졸라 버리고 싶었다. 또 그런 짓을 했다.

에피소드 2. 청신(請神)

이래서야 중학교 때와 똑같지 않나. 보이는 대로 읊고 내 미래까지 아무렇게나 말하고 다니는 미친년.

3학년 선배들 앞에서 당당히 카드를 까고 부족하다는 말을 했으니 이제부터 일어나는 일은 어느 정도 내 탓인 게 당연했다. 카드를 집었던 오른손 끝이 벌벌 떨렸다.

퐁!

식판에 놓인 국그릇에 물방울이 하나 똑 떨어져 내렸다. 둥그런 파동이 그려졌다. 국그릇에 담긴 명태 대가리가 입을 쩍 벌린 채 마른 눈으로 나를 쳐다보고 있었다.

나는 천천히 고개를 들어 천장을 올려다보았다.

그러니까 거기에선.

다른 사람들에게는 보일 리 없는 창백한 발이, 차가운 물에 퉁퉁 불어 터진 발이, 여기저기 살점이 떨어져 있고 발톱마저 달랑이는 상태로, 먹붕어의 비릿한 냄새를 풍기며 내려오고 있었다.

발가락 끝을 타고 흘러내린 물이 다시 한번 국그릇 안으로 수직 낙하했다.

"괜찮아?"

이채가 내 앞에서 꼬리를 흔들며 나를 쳐다보았

다. 나는 몇 번이고 속을 게워 냈다. 먹은 것이 없어서 나올 것도 별로 없었다. 나는 침을 뱉고 잠시 숨을 고른 후 이채를 보았다.

"너도 알고 있었어?"

고양이지만 고양이가 아닌 것이 고개를 갸웃거린다.

"우리 학교 연못에서 누가 죽었다는 거."

이채의 노오란 눈동자가 가로로 길게 찢어졌다. 나는 숨을 헐떡이며 이야기를 이었다. 어디선가 비린 냄새가 났다. 아까 급식으로 나온 조기구이가 잘못됐나.

"그… 겨울에 빠져서…."
"누가 그런 소리를 해?"

문득 이채의 몸집이 커졌다는 느낌이 들었다. 그뿐만이 아니었다. 그동안 내가 준 잡귀들을 먹어서 그런지 털이 길어지고 모질이 반질반질해졌다. 새까만 등과 다리가 윤기 나는 털 아래서 벌떡이며 움직였다.

"봤어."
"뭘."
"물에 빠진 발."

축축한 발가락 끝에서 떨어지던 물방울. 떨어지

에피소드 2. 청신(請神)

던 모양새까지 전부 다 기억이 났다. 또다시 욕지기가 올라왔다. 냄새가 났다. 욱욱거리는 날 보며 이채가 말했다.

"그건 네 환상이야."

이채의 날카로운 이빨 틈으로 쉿 하는 소리가 흘러나왔다.

"뭐?"

"환상이라고. 너, 원래 이상한 걸 보잖아. 그러니까 그런 가짜를 봐도 진짜라고 생각하는 거지."

그 말을 들으니 화가 났다. 지금까지 내가 봐 왔던 것들, 그 때문에 내가 겪어 왔던 모든 일을 부정당하는 느낌이 들었다.

"환상인지 아닌지 네가 어떻게 알아?"

이채의 꼬리가 흔들렸다.

"내가 이 학교에 그 누구보다도 오래 있었으니 당연히 알지. 지금껏 여기서 벌어진 일 중에 내가 모르는 일이 있을 것 같아?"

"하지만 분명히 연못의 먹붕어들이…!"

"봤어?"

"뭐?"

갑작스러운 질문에 내가 눈썹을 찌푸렸다. 뭘 봤느냐는 건지 알 수 없었다.

"저 연못에 그런 붕어가 사는 거, 진짜 본 적 있어?"

"무슨 소리야. 오늘 너, 왜 그래? 거기에 검은색 붕어가 산다는 건 우리 학교 사람들 다 알아."

이채의 입술이 위로 말려 올라갔다.

"아니. 그저 말로 들었을 뿐이겠지. 실제로 본 적은 없을걸?"

"말도 안 되는 소리…."

거기까지 말하다가 곰곰이 생각해 봤다. 정말 내가 그걸 봤던가?

처음 입학했을 때 연못 가까이에 가지 말라는 이야기를 선생님들을 통해 들었다. 기숙사 선배들은 거기 잘못 갔다가 괜히 피부병 옮는다는 소리를 했고. 그래서 연못은 함부로 접근하면 안 될 곳이라는 생각이 들었다.

연못 너머로는 더 이상 시설물이 없었고 연못의 분수대는 이미 고장 난 지 오래라 연못 자체에도 별로 볼 것이 없었다. 그렇게 지금까지 관심을 두지 않은 채로 살았던 것이다.

"본 일이 없을 거야. 먹붕어 얘기는 전설처럼 입에서 입으로 전해져 내려오고 있으니까. 넌 이야기만 듣고 봤다고 착각했을 뿐이야. 다른 애들도 마찬가지고."

에피소드 2. 청신(請神)

이채가 나를 빤히 보았다.

이상했다. 처음 손을 잡기로 한 날 이후 꽤 많은 의뢰들을 함께 처리했지만 이채가 저렇게 딱 잘라 말하는 모습은 본 적이 없었다.

노란 눈빛이 나를 가만히 바라보았다. 함께 이런 저런 일을 해 오면서 나는 우리 사이에 나름 유대 감 비슷한 게 생겼다고 믿었다. 그러나 이채는 그 렇게 생각하지 않는 모양이었다. 내 안에서 뭔가가 치밀어 올랐다.

"… 그럼 가서 보자. 한번 살펴보자고."

내 말에 이채가 머리를 이쪽저쪽으로 갸웃거렸다.

"뭘 보자는 거야?"
"연못에 가서 직접 확인하자는 거지. 정말 있는 지 없는지."

이채가 갑자기 온몸의 털을 곤두세웠다. 이채의 뒤로 늘어진 그림자도 털을 삐죽삐죽 일으키면서 점점 몸집을 불렸다. 하지만 나는 지지 않고 앞에 딱 서서 이채를 노려보았다. 이채가 기막히다는 듯 중얼거렸다.

"어디서 또 저딴 게…."
"가자. 연못으로 가자고! 샅샅이 뒤져 보는 거야. 왜? 못 하겠어? 네 말이 틀렸을까 봐?"

어쩐지 온몸이 뜨거워졌다. 당장 연못을 뒤져 그 잡놈의 붕어를 찾아야겠다는 생각이 들었다.

"네가 안 간다면 나라도 가야겠어. 어디 한번 맘 대로 해 봐! 네 배를 불려 준 사람이 나라는 생각 은 안 하지?"

저를 위해 잡귀들을 잡아 줘서 고맙다고는 못할 망정.

나는 휙 등을 돌렸다. 연못으로 가야 했다. 검은 물풀들과 미끈미끈한 돌들 아래, 저 깊은 곳에 묻 혀 있는 항아리. 그 안에서 겨울을 났을 통통한 것 들. 내 눈으로 모든 걸 확인해야 한다는 생각이 들 었다.

연못으로 이어지는 길은 어두웠다. 하지만 상관 없었다. 비릿한 물 냄새를 따라 나는 재빨리 걸음을 옮겼다. 연못 주변으로 제멋대로 자라난 풀과 작은 관목들이 어둠 속에서도 어슴푸레하게 보였다.

움직이지 않은 지 오래된 물레방아와 반쯤 쓰러 진 책 읽는 소녀상. 그리고 아까보다 더 심하게 나 는 비린내.

나는 신발을 벗지도 않고 무작정 연못 안으로 들 어갔다. 차갑고 축축한, 그리고 어쩐지 눅진하고 미끈거리는 질감의 물이 발목을 휘감았다. 정신없 이 돌들을 들어내고 바닥을 이리저리 휘저으면서

에피소드 2. 청신(請神)

나는 먹붕어를 찾았다. 그러나 아무리 손을 박고 더듬어 봐도 잡히는 게 없었다.

"없어, 없잖아."

그럼 좀 더 깊은 곳으로.

젖은 옷이 몸에 휘감겼다. 풀과 나무 잔가지들이 엉긴 교복이 물을 잔뜩 먹은 채 살에 축축 들러붙었지만 하나도 무겁지 않았다. 아니, 오히려 힘이 솟아났다.

겨우내 살이 통통하게 오른 그 붕어들을 얼른 잡아다가.

나는 신이 났다.

신이 난 나머지 돌들을 치우는 사이 손톱이 들려서 아까부터 덜렁이고 있다는 걸 몰랐다. 날카로운 풀잎과 학생들이 생각 없이 던져 넣은 유리병 조각들에 종아리가 베이는 줄도 몰랐다.

"악!"

어딘가에 발이 걸려 앞으로 고꾸라졌다.

머리가 물속으로 처박혔다. 찝찔한 물이 코와 입을 콱 틀어막았다. 목구멍 뒤로 오래 고여 썩은 물이 울컥울컥 넘어가는 게 느껴졌다. 겨우 주저앉아 고개를 들어 안에 들어간 것을 게워 냈다. 내 속에서 나온 건지, 아니면 원래 여기에 있었는지 모를 것들이 주변을 둥둥 떠다녔다. 정체를 알 수 없는 찌꺼기들이 머리카락에 엉겨 붙었다.

헉헉 숨을 몰아쉬면서도 나는 사방으로 눈을 굴렸다. 찾아내야 한다. 뭔가 물속에서 움직인다 싶으면 그쪽으로 몸을 던져 엎어졌다. 그러나 그때마다 잡히는 건 쓰레기 더미 같은 것뿐이었다.

"안 보이잖아. 안 보여. 왜 안 나와?"

꽉 깨문 입술에 피가 맺혔다. 망할 것. 그 크고 힘 좋고 살이 부쩍 오른 것을 잡아다가 모가지를 뎅강 잘라 버릴 참이었다.

나는 푹 젖은 옷자락을 들고 일어섰다. 언젠가 들은 적 있었다. 이 연못은 인공 연못이라서 안쪽 벽에 있는 수문만 열어 두면 금방 물이 빠져나가 말라 버린다는 얘기를.

"물이 마르면 제까짓 게 안 나오고 배겨?"

<u>흐흐.</u>

웃음이 흘러나왔다. 물이 다 빠진 연못 바닥에서 펄떡펄떡댈 놈들을 손으로 건지기만 하면 된다. 손에 수문의 문고리가 잡혔다. 힘을 주고 당기자 무거운 수문이 바닥을 긁는 소리를 내며 안쪽으로 열렸다.

쏴아아!

에피소드 2. 청신(請神)

기다렸다는 듯 물이 바깥으로 빠져나갔다. 그동안 너무 오래 고여 있었다.

이 연못만 말라붙으면 저 서쪽에서부터 오는 걸음걸음을 맞이할 수 있었다. 그렇게만 된다면….

그렇게 되면 뭐? 뭐가 온다고?

퍼뜩 정신이 들었다. 연못의 물은 급속도로 줄어들고 있었다. 나는 그제야 엉망이 된 손과 몸을 내려다보았다. 반쯤 깨져 달랑이는 손톱에서 찌릿한 아픔이 전해져 왔다. 눈물이 줄줄 났다. 내가 무슨 짓을 한 건지 알 수가 없었다.

허억, 허억.

숨을 쉴 때마다 여기저기가 아팠다. 사방에 돌이 가득한 연못에서 이리저리 치이고 넘어지고 했으니 당연한 일이었다.

쏴아아!

걸쭉한 물이 오래된 도랑을 타고 미친 듯이 아래로 쏟아져 내렸다. 나는 수문을 밀었다. 왠지 모르게 이대로 물이 다 빠져나가게 두면 안 된다는 생각이 들었기 때문이었다.

끼, 끼기익.

하지만 좀처럼 수문은 움직이지 않았다. 자갈과 진흙, 엉겨 붙은 풀이 수문을 단단히 붙잡고 있었다. 대체 아까는 무슨 힘으로 이 무거운 수문을 한 번에 열어젖혔는지 의문이었다.

쏴아아, 쏴아아. 물은 속절없이 빠져나가고 있었다. 나는 허겁지겁 주변에 있는 돌이라도 주워다가 벌어져 있는 문틈을 채우려고 했다. 그러나 돌들이 자꾸만 굴러떨어졌다.

어디 손으로 하늘을 가리는가.

누가 구멍 난 독을 채우는가.

주변을 둘러봤지만 나 외에는 아무도 없었다. 도대체 어디서 나는 소리지. 내가 뭐에 홀린 건가? 이채는? 이채는 어디 있지?

나는 고개를 들어 올렸다. 고요했다.

사방팔방이 고요했다. 콸콸 쏟아져 내리던 물은 이제 다 빠져나가고 없었다. 배드민턴 코트 두 개만 한 연못이 삽시간에 비어 버렸다.

그럼 빈 그릇에는 무엇이 차오르지.

빈 것에는 반드시 무언가가 깃든다. 빈 것은 빈 그대로 머무르지 않는다.

어둠 속에서, 곰팡이와 물풀들이 붙은 돌들 사이로 뭔가가 펄떡였다. 찰박이는 소리.

에피소드 2. 청신(請神)

비린내가 점점 더 심해졌다. 바로 근처에서 나는 듯했다.

잠깐만.

아니다.

나는 부지불식간에 하늘을 쳐다보았다.

쏴아아.

다시 그 소리가 났다. 하지만 이제 물은 없었다. 그 소리는 아래가 아니라 위, 위쪽 어딘가에서 났다. 아무것도 없는 텅 빈 허공과 구름이 잔뜩 낀 하늘 사이 어딘가에서 그 소리가 났다.

뒤통수가 따끔했다. 꼭 누군가 뒤에서 나를 노려보고 있는 것처럼.

뭔가가 오고 있었다.

이 학교가 세워진 건 약 100여 년 전. 그때는 학교의 터를 정할 때 풍수지리를 아는 사람이 자리를 보러 다녔다고 했다. 그리고 그자는 이렇게 말했다.

이 도시의 안녕과 산의 안녕과 주민들의 안녕을 위해 이 자리에 학교를 세우는 것이 좋겠다고. 더해서 이 장소에 연못을 하나 파는 것이 맞겠습니다, 라고.

그래서 학교 안에 인공 연못이 하나 들어서게 된

것이다. 물은 본디 안과 밖을 경계 짓고 밖에 있는 것이 안으로 들어오지 못하게 막는 역할을 한다. 강이 이 도시와 저 도시를 나누고 성곽 바깥에 판 해자가 적들의 침입을 막는 것처럼. 이미 붙은 귀신도 바다나 넓은 강을 건너면 떨어져 나간다고 하지 않는가.

일부러 연못을 하나 파면서까지 막고 싶어 했던 것.

쏴아아.

바람이 내 얼굴을 뒤덮고 지나갔다. 바람은 3학년 교실의 창문마다 달린 인형들을 한 차례 흔든 후 별관 뒤로 우우 빠져나갔다.

문득 드는 이상한 기분에 나는 아래를 내려다보았다. 동시에 발끝부터 몸이 차갑게 얼어붙었다.

이럴 리가 없는데. 아니, 이럴 수가 없는데.

발자국. 발자국. 발자국.

크기가 각양각색인 발자국들이 치덕치덕.

한낮 볕을 한참 쬔 것처럼 바싹 말라 버린 물풀과 돌들. 그리고 그 위에 찍힌 수많은 물 발자국들이 눈에 들어왔다.

"대체…."

에피소드 2. 청신(請神)

나는 바람을 따라 눈길을 돌려 어둠 속에 서 있는 별관과 그 뒤의 산을 바라보았다. 솨아아. 솨아아. 그들이 떼를 지어 몰려갔다.

생각해 보면 학교와 연못을 세운 사람들의 머릿속에는 도시의 안녕과 산의 안녕과 주민의 안녕만 있을 뿐이었다. 그들은 이 학교와 학생들의 안녕에 대해서는 말하지 않았다. 당연하지. 말할 수 없었을 테니까. 어떻게 거론할 수 있겠어.

이상하게도 이 학교엔 설립 이후 내내 이 도시의 토박이들보다는 외지인들이 더 많이 입학했다. 다른 도시의 아이들. 이 도시와는 아무런 연이 없는 사람들.

그 말인즉, 어떤 화를 입어도 여기엔 그들을 지켜 줄 사람이 없다는 뜻이었다. 그러니 연못 따위로 뭔가를 막아야 할 만큼 불안정한 자리에 두어도 상관이 없는 것이다. 어린 나이에 집과 고향을 떠나온 아이들이 몸이나 마음에 병을 얻는 것은 비일비재한 일이니.

마지막 바람 끝이 마치 파리를 잡아채는 두꺼비의 혓바닥처럼 말려 올라갔다.

저들은 가야 할 곳으로 가는 것이다. 지금껏 물에 막혀 가지 못했지만.

눈물이 절로 났다. 끅끅대며 울음을 터트리기 직

전에 가벼운 발자국 소리를 들었다. 이채가 돌아왔나 싶어 고개를 들자 희뜩이는 그림자가 시야에 들어왔다. 나는 눈을 가늘게 뜨고 그림자를 보았다.

어디선가 본 모양새다. 움직임. 머리칼의 흔들림. 손가락 끝.

"이솔 선배…."

그 이름이 입에서 튀어나왔다. 머리에서 나온 게 아니라 입에서. 마치 그 이름이 지금 딱 나와야 한다는 듯이.

이솔 선배는 혼자서 멍하니 앞만 바라보며 걸어가고 있었다. 땅바닥에서 붕 뜬 채 움직이는 기묘한 걸음걸이. 그 뒤로 그림자 하나가 겹쳐 움직였다. 언젠가 옷을 찾으려 캐비닛 속을 살필 때 보았던 겹친 시간축이 떠올랐다.

이솔 선배 뒤의 그림자에 또 다른 그림자들이 포개진다. 산에서부터 내려온 안개가 시간축의 그림자들을 흔들었다. 오래된 시간에 매인 누군가가 움직인다. 이솔 선배의 걸음을 따라. 아니, 그 사람의 뜻에 따라 이솔 선배가 움직인다고 해야겠지.

희끄무레한 그림자의 옷자락이 팔락였다. 안개 너머로 비치는 그 무늬를 어디서 본 듯했다. 어디였지, 저걸 어디서 봤더라. 나도 모르게 발이 움직였다.

에피소드 2. 청신(請神)

흔들리는 그림자, 그 뒤를 따라가는 이솔 선배. 그리고 마지막으로 나.

세 그림자가 천천히 별관을 지나, 왕벚나무가 있는 곳을 지나, 풀이 가득 나 있는 산의 입구를 지나, 칠흑 같은 그림자가 펼쳐진 산 안으로.

산에는 산귀가 산다.

산의 어둠은 농밀하고 선득하다. 어둠에 적응된 눈은 점점 예민해진다. 그림자와 그림자가 겹쳐진 부분을 기민하게 잡아낸다. 중첩되어 진해진 어둠과 나머지 옅은 어둠을 구분하는 것이다.

그림자의 장막 사이를 우리는 조용히 미끄러지듯 걷는다.

우리의 발치에서 고요가 뒹군다.

수직으로 뻗은 나무들은 겹겹의 공간을 만들어 냈다. 그 아득한 공간감이 가까운 거리를 멀게 만들고 먼 거리를 가깝게 만들었다. 그런 식으로 나무는 예로부터 하늘과 땅을 이었다. 그래서 사람들은 신당 앞에 신당수를 두었고 마을마다 당산나무를 두었다.

우리는 산으로 산으로 올라간다. 이곳이 하늘인지 땅인지도 모른 채.

밤의 잎사귀들이 뿜어내는 차갑고도 축축한 공기가 폐부를 찔렀다. 얼마나 올라갔는지 알 수가 없었다. 땀에 젖은 몸이 이제는 찬 기운에 부들부들 떨려 왔다. 하지만 이슬 선배는 처음과 똑같은 속도를 유지하며 저 앞에서 걸어가고 있었다. 숨도 차지 않는지 헐떡이는 기색이 없었다.

"이슬 선배…!"

내 목소리는 고요한 안개에 먹히고 말았다. 나를 겹겹이 둘러싼 공기들이 목소리를 전부 다 흡수해 버리는 것 같았다.

손톱이 빠진 자리에서 흐르던 피가 굳었다. 온몸이 유리 조각에 찔린 것처럼 아파 왔지만 발을 멈출 순 없었다.

쏴아아.

바람이 불었고 모든 나뭇잎이 일제히 흔들렸다. 어쩌면 흔들리는 건 나뭇잎이 아닐지도 몰랐다. 우줄거리는 산속에서 나는 숨을 몰아쉬었다. 짙은 공기가 숨쉬기조차 어렵게 만들었다.

바람에 그림자들이 흔들리자 가장 앞쪽에 있는 그림자의 모습이 좀 더 똑똑히 보였다.

흰색 등. 본 기억이 있다. 목덜미에서 팔락이는 칼라까지. 어디서 봤지. 저 옷. 양 갈래로 묶은 머리

에피소드 2. 청신(請神)

가 흰색 등 위아래로 오르락내리락거렸다.

"아."

그래. 그거다. 왜 기억을 못 했지?

캐비닛 안에서 나온 사진에 찍혀 있던 교복. 우리 학교의 옛날 교복이었다. 흔들리는 긴 칼라가 나무 사이로 언뜻거렸다.

겹쳐진 시간축 속에서 산을 올라가는 둘. 그림자가 걸음을 잠깐 멈추면 이솔 선배도 걸음을 멈췄고 그림자가 왼쪽으로 돌면 이솔 선배도 왼쪽으로 돌았다. 뒤에서부터 불어온 바람이 그들과 함께 위로 위로 올라갔다.

"선배, 선배…!"

더 이상 올라가면 안 될 것 같다는 느낌이 들었다. 말라붙은 연못에 있던 존재들은 학교에서 산으로 빠져나간 게 아니었다. 가야 할 곳으로 움직인 것이다.

울창한 나무들 사이로 뭔가가 보이기 시작했다.

"…!"

나는 소리도 지르지 못한 채 입만 벌렸다.

겹쳐져 있는 세계와 짙은 안개 사이로 돌무더기들이 툭툭 모습을 드러냈다. 둥글게 쌓아 올린 돌무더기들이 어두운 그림자를 만들어 검은 입을 쩍 벌리고 있는 것처럼 보였다. 산이라는 거대한 생물체가 가지고 있는 무수한 입들.

처음에는 드문드문 보이던 것들이 점차 많아졌다. 이건 그냥 돌무더기가 아니다. 돌 하나하나에 염원이 깃들어 있는, 그 자체로 하나의 조그만 제단이었다.

말과 생각은 강한 힘을 가진다. 무심코 내뱉은 말이라도 약속이라는 형태를 갖추게 되면 사람의 행동을 제약할 수 있다. 하물며 이것은 많은 시간을 들인 집념의 기도가 담긴 돌들이었다.

돌무더기가 많은 위쪽으로 올라갈수록 온몸을 죄어드는 기운이 점점 세졌다. 숨이 제대로 쉬어지지 않아 심장이 터질 것만 같았다.

눈앞이 연신 깜깜해졌다. 몇 번이고 머리를 털어 내 정신을 차리려고 했지만 시야에서 자꾸만 이솔 선배의 뒷모습이 사라졌다.

선배를 찾느라 사람의 키보다 훌쩍 높게 쌓아 올린 돌무더기 사이를 빙글빙글 돌았다. 이쪽으로 한 번, 다시 저쪽으로 한 번.

그러다가 문득 눈을 들어 보니, 나는 어느새 '안'으로 들어와 있었다. 살얼음이 낄 것 같은 서늘함이 등골을 타고 몸속에 쭉 퍼졌다. 버석버석한 입

에피소드 2. 청신(請神)

술이 달달 떨렸다. 나는 가만히 서서, 어깨를 움츠리고는 주변을 둘러보았다.

딸랑.

"악!"

갑자기 들린 소리에 놀라 그대로 주저앉았다. 머리를 감싸 쥔 채 헉헉 숨을 몰아쉬는 사이 다시 고요가 찾아왔다. 내 발치에 뭔가가 떨어져 있었다. 방울이었다.

슬그머니 위를 쳐다보니 돌무더기들을 쭉 두른 금줄이 보였다. 다 삭은 줄에 매달려 있던 방울이 똑 떨어져 소리를 낸 것이었다. 금줄에 손을 대자 흔들림이 줄을 타고 파도처럼 이어졌다.

줄을 따라 길이 보였다.

벽처럼 쌓인 돌들, 그 사이로 나 있는 한 갈래 길. 그 끝에 희미하게 보이는 커다란 나무엔 오래됐지만 여전히 화려한 색색의 천들이 묶여 있었다. 붉은색, 푸른색, 흰색과 노란색….

나무 옆에 작은 신당이 하나 서 있었다. 시선이 훅 그쪽을 향해 빨려드는 것처럼 달려갔다. 저기에 뭔가가 있다는 느낌이 강하게 왔다. 나는 금줄에 손을 댄 채 한 걸음 한 걸음 신당을 향해 움직였다.

기원을 올리기 위해 일부러 이 길을 다녔을 사람

들처럼. 한 발에 소원을 한 번 빌고, 다시 한 발에 소원을 속으로 또 외우고. 고개를 계속 숙여 가면서 산길을 올라갔다.

얼마나 그렇게 걸었을까?

목 뒤로 뭔가가 닿았다. 뒷덜미에 솜털이 오소소 일어났다. 숙였던 고개를 드니 내 머리 위로 색색의 천들이 폭포수처럼 내려와 앉았다.

내가 서 있는 곳은 딱 커다란 나무 밑, 묶여 있는 천들이 길게 늘어져 있는 곳이었다. 천들을 걷어 내자 신당이 눈앞에 보였다. 오래된 나무의 냄새가 났다. 작은 신당의 입구는 딱 사람 하나 들어갈 만한 크기였다.

문고리에 손도 대지 않았건만 안에서부터 밀려 나오는 기운이 심상치가 않았다. 저 멀리서 불어오는 바람에 나무가 우줄거렸다. 귓가에 울릴 만큼 쿵쾅거리는 심장 소리에 잎사귀가 바람에 스치는 소리가 맞춰져 어떤 리듬이 만들어지는 것 같았다.

끼이익.

문이 저절로 열렸다. 나는 숨을 참으며 빠끔히 열린 문틈을 바라보았다.

완전한 어둠이 그 안에 있었다. 손을 넣으면 그대로 진득한 검정이 묻어 나올 것만 같은.

에피소드 2. 청신(請神)

짙은 향내가 코끝을 스쳤다. 안으로 들어가니 천천히 내 몸에 그 향이 한 꺼풀 입혀졌다. 바깥의 빛이 내부에 스미고 눈이 어둠에 익자 신당 안의 모습이 희미하게 보였다. 화려하게 채색된 벽화가 양 옆 벽면 가득히 그려져 있었다. 지붕 끝부터 바닥까지를 빈 공간 하나 없이 꽉 채운 그림은 수많은 사람이 가부좌를 튼 채 앉아 있는 광경을 담고 있었다.

도식화된 미소를 띠고 신당에 들어온 이를 내려다보는 그 얼굴들. 둥근 얼굴들이 다닥다닥 모여 있는 그 벽화는 별관의 현관 앞에 걸려 있던 인형 머리통 묶음처럼 보였다. 붓으로 찍은 눈동자들이 염주 구슬처럼 조롱조롱 이어져 있었고 그들의 시선은 모두 나를 향했다.

마침내 나는 벽화로 둘러싸여 있는 신당 가운데의 목상(木像)으로 눈길을 돌렸고, 그때부터 사방에서 소리가 나기 시작했다.

옴

옴

둥그렇게 벌어진 벽화 속 사람들의 입, 거기서 합창을 하듯 같은 소리가 흘러나왔다.

옴

옴

옴

안온한 미소를 짓고 있는 목상의 얼굴을 본 순간 나는 얼어붙고 말았다.

있지 말아야 할 게 그 안에 있었다.

있으면 안 될 것들이, 저 멀리서부터 밀려온 불길한 것들이 이곳에 똬리를 틀었다.

눈을 감고 싶었지만 감을 수가 없었다. 누가 내 눈꺼풀을 얇은 칼로 저며 도려낸 듯했다.

목상의 나무 머리에서 자라난 긴 머리칼과 털들이 높은 단 아래로 치렁치렁 드리워져 있었다. 목상 주변의 제사 그릇들 위에는 저마다 제삿밥이 가득 채워져 있었다.

새끼를 그득 밴 쥐의 사체 한 접시, 수많은 애벌레가 굼실굼실거리는 썩은 홍시 한 사발, 얇고 투명한 잠자리의 날개 한 대접, 쌀밥 대신 수북하게 쌓아 둔 개미알 한 그릇.

에피소드 2. 청신(請神)

배불리 드시옵고

옴

홍복을 비옵나이다

옴

나는 그제야 목상이 입은 옷이 수많은 손톱을 미늘처럼 이어 붙인 것이라는 사실을 알아챘다. 그 손톱들을 따라 시선을 올린 끝에 마주한 목상의 얼굴.

미소를 짓는 목상의 두 입술 사이에 빼곡히 채워진 것은

이빨.

나무 입술 사이로 크고 작은 이빨들이 제멋대로 자라나 있었다. 삐죽삐죽한 이빨 틈새에는 반쯤 잘린 지네와 작은 실뱀이 끼어 있었다. 마치….

목상이 그것들을 잡아먹기라도 한 것처럼.

나는 등을 돌려 죽을힘을 다해 문을 열어젖혔다.

쾅!

밖으로 나서려던 내 발걸음이 뚝 멈췄다. 열린 문 앞의 넓은 댓돌 위에 이솔 선배가 누워 있었다.

그 모양새가 꼭 넓은 돌 접시 위에 올라간 제사 음식 같았다.

"선⋯."

미처 선배를 부르지 못했다.

누워 있는 이솔 선배를 앞에 두고 검은 그림자가 연신 절을 했다. 이마를 꿍꿍. 입술은 중얼중얼.

- 옴바라바라

이솔 선배의 눈은 크게 뜨여 있었지만 이미 초점을 잃은 상태였다. 산 자의 기운이 전혀 느껴지지 않았다. 그러나 입술만큼은 계속 쉴 새 없이 움직였다. 단단하게 감겨 있다가 풀리는 태엽처럼 빠르게, 더 빠르게 움직였다.

- 옴바라바라 옴바라바라 바라던 바를 옴바라바라

누워 있는 이솔 선배의 목덜미에서 새하얀 빛이 번뜩였다. 숫돌에 날카롭게 갈아 낸 칼이 머금은 살기를 닮은 기운이 번개처럼 우릉댔다.

칼이 크게 한 번 휘떡.

그러면 가느다란 팔이 단숨에 아래로 뚝, 떨어지고. 칼이 오간 매끄러운 단면에 열아홉의 나이테가 둥싯둥싯 떠오른다.

에피소드 2. 청신(請神)

얼씨구 좋다, 저절씨구 좋다.

다시 한번 큰 칼 작두를 들고 움직여 보자. 썩썩 명줄을 잘라다가 보기 좋게 늘어놓고 끓는 물을 획 획 저어다가.

이리저리 움직이는 칼끝, 그 위에 오채 어린 명줄아! 노니는 칼에 조여 오는 모가지, 너 불쌍하고 가련한 것아. 이쪽으로 슥, 톱질하고 저쪽으로 삭, 슬근슬근.

뎅겅!

나는 본다. 죽음의 그림자가 오지도 않았는데 이미 숨이 거두어진 이슬 선배의 머리통이 학교에 덜렁 걸려 있는 꼴을.

열한 개의 머리통들이 조롱조롱 매달려 있다. 새하얗게 부서지는 햇살 아래, 끈적이는 핏방울이 기묘한 모양새를 만들어 낸다. 속살거리는 목소리들이 잘린 목구멍 속으로 들어가 머리통의 마른 입으로 다시 나온다.

– 옴바라바라

– 옴바라바라

– 나는 곧 너희의 앞선 자라 내 핏자국으로 닦은 길을 걷게 되리라

저것은 죽기 직전에 부르는 노래다. 누워 있는 이솔 선배의 입이 마지막 숨을 허비해 가며 노래를 읊조린다.

- 배불리 드시옵고

그 노래에 맞춰 이솔 선배의 앞에 앉은 그림자가 거듭 고개를 숙이며 절을 했다. 양 갈래 머리의 가르마가 훤히 보였다.

콰작.

뒤에서 무언가 부서지는 소리가 났다. 비유하자면, 이빨 사이에서 잘 마른 날개가 부서져 내리는 그런 소리. 나는 소리의 출처를 확인하기가 두려워 차마 고개를 돌릴 수 없었다.

툭.

퉁퉁하게 불은 굼벵이가 저쪽에서 내 발치를 향해 굴러왔다. 반쯤 뜯어 먹힌 채로.

멍청한 나는 그제야 왜 이솔 선배가 댓돌 위에 저렇게 눕혀져 있는지 알아차렸다.

공양이다.

공양이야, 이건.

제사상 앞에서 절을 하며 소원을 비는 것, 천이

묶인 커다란 나무, 주변을 둘러싼 돌무더기, 신당까지.

아주 오래전부터 이 산에는 정말 간절한 소원을 품은 사람들이 찾아왔다. 치성과 기도를 드리고는 '무언가'가 자신의 소원을 진짜로 이뤄 주면 떡 벌어지는 상을 하나 차려 놓고는 뒤도 돌아보지 않고 도망쳤더라는 그 이야기의 주인공들.

이솔 선배를 앞에 둔 교복 입은 그림자가 이제는 숫제 머리를 바닥에 내려치며 뭔가를 말하고 있었다. 그 그림자 뒤로 긴 꼬리 같은 것이 슥 일렁였다.

더 많은 걸 생각할 수는 없었다.

- 옴바라바라 바라옵나니 홍복을…

이 노래가 다 끝나면 이솔 선배가 어떻게 될지 모른다.

"선배!"

나는 몸 안에 남은 모든 힘을 짜내 이솔 선배를 들쳐 업었다. 축 처진 육신의 무거움이 고스란히 어깨 위로 전해졌다. 앞이나 뒤를 살펴볼 겨를도 없었다. 나는 계속해서 입술을 움직여 홍복을 빈다고 중얼거리는 선배와 함께 신당 뒤편의 절벽으로 몸을 던졌다.

옴

옴

옴

웅웅.

낮고 규칙적인 소리가 들려왔다. 천천히 눈을 뜨자 건너편 침대에 누워 있는 이솔 선배의 모습이 시야에 들어왔다.

"아…."

깊은 안도의 한숨이 절로 흘러나왔다. 온몸에 힘이 탁 풀리는 느낌이 들었다. 깊게 들이마신 숨 끝에서 소독약 냄새가 났다. 문득 손을 내려다보니 빠졌던 손톱이 얌전히 제자리에 붙어 있었다.

꿈인가?

"어, 은파야!"

문이 열렸고 동시에 귀에 꽂히는 목소리가 들렸다. 체육 선생님이었다.

"괜찮아? 대체 이게 무슨 일이야!"

체육 선생님이 얼른 내 쪽으로 다가와 물었다.

"뒤뜰에 쓰러져 있어서 얼마나 놀랐는지 아니? 무슨 일 있었어? 솔이랑은 또 왜 같이 있었고?"

에피소드 2. 청신(請神)

그 말에 나와 이솔 선배가 뒤뜰에 함께 쓰러져 있었다는 사실을 알았다. 산 중턱에서 학교까지 가려면 적어도 20분은 걸어야 했다. 절벽에서 굴렀다고 해도 바로 학교 뒤에 떨어졌을 리는 없었다.

"어휴. 그래도 어디 다친 데는 없어 보여서 안심이다."

체육 선생님이 정말 다행이라는 듯 싱긋 웃어 보였다.

"혹시 안 깨어나면 어떡하나 했는데. 진짜 깜짝 놀랐다니까! 어쩐지, 오늘 좀 일찍 출근을 하고 싶더라니. 어, 솔아! 깼네! 괜찮아?"

뒤에서 몸을 일으킨 이솔 선배는 멍한 얼굴이었다.

"어…. 여기 어디예요?"
"보건실. 아픈 데는 없어?"
"아픈 데요?"

이솔 선배가 눈을 동그랗게 뜨고 고개를 가로저었다.

"아픈 데는 없는데…. 왜 여기 있는지 모르겠어요. 저 어제 기숙사에 있었는데?"
"어제?"
"네. 아, 잠깐 교실에 뭐 찾으려고 들렀다가….

어? 뭐지. 그다음은 기억이 안 나요."

이솔 선배는 얼굴을 찌푸리고 입을 다물었다. 체육 선생님이 걱정스러운 얼굴로 상황을 짧게 설명해 주었다. 이솔 선배는 정말 아무것도 기억나지 않는 모양이었다. 체육 선생님이 아, 하는 소리를 내며 화제를 바꿨다.

"그러고 보니 걘 어디로 갔지? 보건실까지 너네 옮기는 거 도와준 애가 있는데."

체육 선생님이 고개를 갸웃거렸다.

"어떻게 생겼는데요?"

내 다급한 물음에 체육 선생님이 잠깐 미간을 찌푸렸다.

"… 어떻게 생겼더라? 보면 알 것 같은데 뭐라고 설명할 수가 없네. 아! 머리가 양 갈래였어. 요새 그렇게 하고 다니는 애들 없는데. 그치."

선생님의 답에 일순 한기가 들었다.

"암튼, 둘 다 나중에 병원 꼭 가 보고. 내가 담임 쌤들한테는 말해 놓을 테니까 오전까지는 쉬다가. 보건 선생님 곧 오신대."
"감사합니다…."

체육 선생님은 마지막으로 우리 쪽을 한 번 보고는 경쾌한 발걸음으로 문을 나섰다.

에피소드 2. 청신(請神)

"저기."

이솔 선배의 부름에 내가 퍼뜩 고개를 들었다.

"예?"

"너, 타로 카드 봐 줬던 1학년 맞지? 혹시, 너는 뭐 기억나는 거 있어? 왜 우리가 같이 있었던 거야?"

그렇게 묻는 이솔 선배의 얼굴을 뜯어보았지만 수상한 낌새는 없었다. 속이려는 것 같지도 않았고.

"혹시 우리 밤새도록 거기에 쓰러져 있었던 거 아냐? 여름이긴 하지만 감기라도 걸렸으면 어떡하지. 그럼 컨디션 망가지는데."

이솔 선배의 목소리엔 평범한 걱정이 묻어 있었다. 어쩐지 그 말투에 맥이 풀려 버렸다. 함께 올라갔던 산도, 자신이 누워 있던 신당도 역시 떠올리지 못하는 것 같았다.

또 나만 이러지. 나한테만 이상한 게 보이고 나만 이런 걸 기억한다.

다른 사람들은 아무렇지도 않게 쓰레기 버리듯 그 기억들을 손쉽게 지우고 평범한 생활을 되찾는데 말이야.

"선배. 정말 아무것도 생각 안 나요?"

내 물음에 이솔 선배가 나를 쳐다보았다.

댓돌 위에 누워 죽어 가면서 초점 잃은 눈으로 노래를 읊던 그 얼굴은 어디로 가고 그저 어디 다친 곳은 없는지 전전긍긍하는 걱정만 가득 담긴 얼굴이었다.

"응. 그냥 거기서 걷다가 쓰러졌었나 봐. 그런데 너는 왜…."

이솔 선배의 말이 멈췄다.

어느새 침대에서 일어난 내가 이솔 선배의 목덜미에 손을 올리고 있었다.

"어. … 아, 열은 안 나네요."

나는 올린 손을 최대한 자연스럽게 이솔 선배의 이마에 가져다 댔다가 뗐다. 그러곤 다시 내 침대로 돌아왔다. 떨리는 손을 잡아다가 뒤로 숨겼다.

난 지금 뭘 하려고 했던 거지?

심장이 두근거렸다. 내가 저 때문에 무슨 짓을 당했는데 혼자만 속 편하게 일상으로 돌아가나 싶어 짜증이 났고 그 직후 눈앞에 내 손이 보였다. 선배의 목을 틀어쥐기 전에 정신을 차려서 다행이었다.

"이상하네. 오히려 평소 자고 일어났을 때보다 몸이 더 가뿐한 것 같기도 하고."

이솔 선배는 아무 눈치도 채지 못했는지 이리저리 몸을 움직이며 그렇게 말했다.

에피소드 2. 청신(請神)

"진짜 별일이 다 있네."

별일.

그렇게 뭉쳐서 부를 만한 일은 아니었다. 건너편에 있는 이솔 선배가 괜찮아 보일수록 나는 더 기분이 나빠졌다. 같은 일을 겪었음에도, 그 피해의 정도가 너무 달랐다.

"너한테는 정말 무슨 일 있었던 것 같은데? 옷이…."

이솔 선배가 내 더러운 옷을 쳐다보았다. 어쩐지 부끄러워졌다.

옷만이 아니라. 그냥 전부 다. 이상한 걸 보고 듣는 것부터 시작해서 결국에는 이런 피를 물려준 엄마까지 모조리.

"전 기숙사에 가야겠어요. 씻기도 해야 하고."

자리에서 벌떡 일어나 보건실 문을 열었다.

"어? 아, 그래. 그래야지."

살짝 놀란 이솔 선배의 말을 마지막으로 들으며 뒤도 돌아보지 않고 보건실에서 빠져나왔다. 4층을 흘깃 올려다보았지만, 창문에는 아무것도 비치지 않았다.

옷을 빨고 샤워를 하고 머리를 말리는 동안에도 눈을 감기만 하면 내가 본 것들이 망막 뒤편에서 우르르 흘러나왔다.

"미치겠네."

내가 본 것들이 도대체 뭔지, 그게 뭘 의미하는지 알 수 없었다. 나와 이솔 선배의 옆에 있었다던 그 애는 누구일까.

"양 갈래 머리…."

기숙사 방의 서랍 속에 넣어 둔 사진을 꺼냈다. 별관 옆 특별실을 배경으로 찍은 그 사진. 햇살에 희미해진 얼굴과 양 갈래로 묶은 머리.

모습은 비슷했다. 산에 올라가면서 보았던 다른 시간축 속의 그림자, 그리고 이솔 선배를 댓돌 위에 올려놓고는 계속 절을 하던 그림자하고. 만약 그 그림자가 우리를 구해 준 거라면 앞뒤가 맞지 않았다.

나는 책상에 머리를 묻은 채 사진을 들고 팔락였다. 흔들리는 사진 속 여자애의 모습. 순간 내 머릿속을 뭔가가 슥 스쳐 지나갔다.

그림자 뒤에 뭔가가 있었다.

그래. 누워 있는 이솔 선배를 앞에 두고 연신 엎드려 절을 할 때. 그때 치마 뒤편에서 뭔가가 살랑

에피소드 2. 청신(請神)

였다.

"꼬리 같은 거."

꼬리? 거기까지 생각하자 검은 고양이가 떠올랐다.

이채.

더듬어 보면 내가 갑자기 연못으로 달려갔던 건 이채와의 대화 때문이었다. 평소와는 다른 이채의 대답에 화가 나서 연못으로 향했고 뭐에 씌기라도 한 것처럼 연못의 물을 빼고….

불길한 것들이 빈 연못에서 빠져나와 이쪽으로 왔다. 조금 불안한 마음이 들었다. 이채가 말했다. 자기만큼 이 학교에 오래 머무른 존재는 없다고. 그렇다면 이채는 분명히 3년에 한 번씩 제물을 바쳐야 한다는 전설을 알고 있었을 것이다. 올해엔 아직까지 희생자가 나오지 않았다는 것도. 그런데 이채는 전설에 대해 입 한번 벙긋하지 않았다.

그저 내 뒤를 따라다니며 귀들을 덥석덥석 먹었을 뿐. 점차 커져 가던 이채의 모습이 떠올랐다. 그러고 보니 이채가 어쩌다가 여기에 터를 잡았는지 듣지 못했다. 특정 장소에 매여 있는 귀는 그 장소와 각별한 인연을 맺은 경우가 많았다. 죽은 곳이라든가, 아니면 특별한 기억이 남아 있는 곳에 구속되는 것이다.

"…"

역시 이채를 찾아봐야겠다는 생각이 들었다. 사진을 다시 서랍 속에 넣고는 덜 마른 교복 대신 체육복을 입었다. 가만히 복도로 나서는데 기숙사 계단 아래서 여러 사람의 목소리가 들렸다.

"… 병원에 다녀왔다고 하더라고."

"별 이상은 없다던데? 체육 쌤이 발견했다고 했던가?"

체육 쌤이 언급되자 나는 대화에 조용히 귀를 기울였다. 이솔 선배에 대한 이야기인 것 같았다. 쯧, 하고 혀 차는 소리에 이어 그 말이 흘러나왔다.

"그 쌤은 왜 그렇게 아침 일찍 학교에 왔대. 아까워라, 진짜."

말투가 오늘 급식 뭐 나와, 하고 물어보는 것만큼이나 자연스러웠다.

"발견되지 않았으면 올해 전설도 딱 실현됐을 거 아니냐고."

"내 말이. 쉽게 쉽게 갈 수 있었을 텐데. 분위기 파악 진짜 못 해."

긴 한숨이 한꺼번에 흘러나왔다. 슬쩍 보니 사람들 주변에 그림자가 몇 개 서 있었다. 그 수가 한둘이 아니었다.

에피소드 2. 청신(請神)

"이젠 어떡하냐. 수능까지 백 며칠밖에 안 남지 않았어?"

"그 안에 나오긴 할까. 이대로 망하는 해 되는 거 아니냐."

"야, 망하기만 하면 괜찮게? 전설대로라면 당장은 아니라도 어차피 뒤지는 애들은 생긴다는 거 아냐. 수능 다 봤는데 뒤지면 그것처럼 아까운 게 어딨냐."

"진짜 개죽음이겠다."

개죽음이라는 말에 몇몇 사람들이 킥킥 웃었다.

"아, 그니까 의미 있는 죽음이 되려면 지금 죽어야 하는데. 근데 걘 대체 거기에 왜 쓰러져 있었대?"

"몰라. 내가 알겠냐. 그렇게 쓰러져 있었으면 그냥 죽어 주지, 좀."

"인간 목숨이 원래 바퀴벌레만큼 질기다잖아."

이번에는 폭소. 웃음소리가 빈 계단을 타고 위로 올라갔다. 층계참에서 쟁강쟁강 부서지는 웃음소리가 깨진 유리 조각처럼 날카로웠다.

유리 조각이라고 얕보면 안 된다. 한 번씩 찔리다 보면 어느새 만신창이가 된다.

"… 이번에 죽었으면 확실했을 텐데."

아주 작게 진심이 흘러나왔다. 모두 그 말에 침묵으로 긍정했다.

전설은 그것을 믿는 사람이 없으면 사라지고 만다. 이야기를 하는 사람과 듣는 사람, 그리고 그 이야기에 대한 믿음이 삼박자를 이뤄야만 전설이 숨을 얻을 수 있다.

숨을 얻고, 이렇게 바로, 우리의 옆에서.

그 전설이 지금까지 남아 있는 것은 그것을 계승하려는 학생들, 그리고 이 학교가 존재하기 때문이다. 졸업과 입학으로 학생들이 물갈이되어도 본질적인 부분은 바뀌지 않는다. 이 학교에 들어온 사람들은 모두 그 전설을 들었고 믿었고 따랐고 다시 후배들에게 알려 주었다.

그렇게 쌓인 시간과 이야기는 결코 무시 못 할 무언가가 된다. 전설의 내용은 조금씩 달라질 수 있어도 그 아래 묻혀 있는 원형은 변하지 않는다. 하나의 원형.

"아, 거기에 한 명 더 있었다던데? 체육 쌤이 그랬어."

순간 목덜미의 솜털이 비쭉 솟았다.

"한 명 더? 누구? 3학년?"
"아니. 1학년. 누구더라. 이름이…. 아, 최은파."

툭 하고 나온 내 이름에 손으로 입을 막았다. 다리에 힘이 풀려 버렸다. 주저앉지 않도록 난간을

에피소드 2. 청신(請神)

꽉 쥐었다. 하얗게 질린 손등 위로 힘줄이 튀어나왔다.

"어, 걔 아냐? 요새 타로 봐 주고 다닌다는?"
"아, 싸한데. 나, 걔 소문 들은 적 있거든."
"소문?"
"걔 집안 핏줄이 좀."

그렇게 말하는 목소리엔 일말의 즐거움이 묻어났다.

"핏줄? 뭔데, 뭔데?"
"아…. 남의 가정사 말하는 거라서 좀 걸리긴 하는데 뭐, 어차피 많이들 알고 있을 거 같고."
"뜸 들이지 말고 말해라. 쉬는 시간 다 지나간다고."
"그러니까 있지―"

내가 들은 건 거기까지였다.

딸랑.

동시에 누군가의 시선이 화살처럼 쑥 날아와 나를 쏘아보았다.

"은파야."

선명한 두 개의 눈동자는 몇백 번 두드리고 불에 달구어 만든 금방울 같았다. 순간 나는 숨이 턱 막

혀 뒤로 물러섰다.

딸랑.

다시 한번 그 명징한 방울 소리가 들렸다. 방울 소리의 끝에 매달려 있던 기묘한 울음소리가 바람처럼 휘돌아 나갔다.

아래층에서 고개를 쑥 내민 기율 선배의 얼굴이 유독 또렷했다. 다 알고 있다는 얼굴이었다.

대화 중이던 3학년 선배들은 그제야 내가 계단 위에 있다는 것을 알아챘다.

"은파야. 몸은 괜찮은 거지?"

아주 다정한 목소리였다. 내가 있는 곳으로 한 발짝씩 기율 선배가 올라왔다. 선명한 눈빛이 나를 찌를 듯이 바라보았다.

"… 네. 괜찮아요. 걱정해 주셔서 감사합니다."
"그래."

나보다 한 계단 아래에 선 기율 선배의 손이 내 어깨를 가볍게 두드렸다. 어쩐지 피하고 싶었다. 기율 선배가 입을 열어 화사한 목소리로 말했다.

"아, 그렇지. 너 보면 부탁할 게 있었는데."
"부탁요?"

놀라서 되물었다. 기율 선배가 나에게 뭔가 부탁

에피소드 2. 청신(請神)

할 게 있을 거라곤 상상해 본 적도 없었다.

"응. 모니카한테서 이야기 들었어. 네가 축원문을 쓰는 데 많은 도움을 줬다고 하던데. 맞아?"

아니라고 할 수가 없어서 나는 고개를 슬쩍 끄덕였다. 기율 선배가 환하게 웃었다.

그러나 환한 미소의 한 꺼풀 아래 뭔가가 더 있었다.

거꾸로 흐르는 강, 아래로 솟는 나무, 하늘에 치는 파도, 죽은 체하는 산 것, 산 체하는 죽은 것.

안 된다. 절대 안 된다.

기율 선배는 금방울 같은 눈동자를 나에게 고정한 채로 말했다.

"그럼, 은파야."

저 말을 들으면 안 된다. 하지만 귀를 막아야 할 내 두 손은 아주 얌전히 포개어진 채 움직이지 않았다. 발치에 그림자가 더 짙게 깔렸다. 계단으로 들어오는 빛이 더 강해진 게 아닌데도 그랬다.

"너도 나를 위해 축원문을 써 줄 수 있니?"

찰칵.

기율 선배의 물음과 함께 작은 쇳조각이 서로 맞부딪치는 소리가 귓가를 울렸다.

어딘가에서 들어 본 소리. 더 이상은 꼼짝달싹할 수 없도록 뭔가를 걸어 두고 잡아매는 소리.

3학년 선배들이 나를 쳐다보는 삐딱한 시선이 온몸으로 느껴졌다. 내 어깨를 잡은 기율 선배의 손에 가만히 힘이 들어갔다.

"응? 해 줄 수 있지?"

기율 선배의 부탁을 들은 순간, 미래는 이미 정해진 거나 다름없었다. 누군가 내 머리를 잡고 움직이는 것 같았다. 나는 눈도 깜박이지 못한 채 천천히 고개를 끄덕였다.

내 끄덕임을 본 선배의 입가에 만족스러운 미소가 퍼졌다. 찰칵.

그제야 그 소리를 어디서 들어 봤는지 깨달았다. 쥐덫이 팽팽히 당겨졌던 입을 꽉 다물면서 그 안에 들어온 쥐를 잡아챌 때 나는 소리였다. 찰칵!

기율 선배가 얼굴을 기울여 까만 눈동자로 고개 숙인 나의 눈을 바라보았다. 그건 꼭,

덫에 걸린 사냥감을 확인하는 눈동자.

"부탁 들어줄 거라고 생각했어. 고마워, 은파야."

아주 다정하고 달콤한 목소리가 기율 선배의 입술에서 흘러나왔다. 선배는 내 어깨를 두어 번 두드리곤 아래에 있는 3학년 선배들에게 돌아갔다.

에피소드 2. 청신(請神)

"봐. 은파가 축원문도 써 주겠다고 하잖아. 이렇게 착한 후배님의 마음을 왜곡하면 안 되지."

기율 선배의 타박에 3학년 선배들은 다른 말을 하지 않았다.

딩동댕동.

예비 종이 울렸다. 선배들이 우르르 자리를 빠져나갔다. 마지막으로 기율 선배가 나를 올려다보았다. 그 서늘한 얼굴에 맺혀 있는 기운은 눈이 시리도록 빛났다.

나는 내 그림자를 보았다.

몇 번이나 이채를 불렀지만 도통 보이질 않았다.

학교의 익명 SNS 페이지에 이채가 안 보인다는 이야기가 올라왔다. 말라붙어 버린 연못에 대해서는 아무도 신경 쓰지 않았다.

나는 큰마음을 먹고 뒷산에 올라갔다. 물론 해가 쨍쨍한 낮에 간 것이었다. 밤의 산과는 모습이 영 딴판이었다. 나와 이솔 선배가 그렇게 정신없이 올라갔던 길은 10분이면 갈 수 있는 보통의 산길이었다.

어둠이 걷힌 길의 끝에 서 있던 신당은 아주 작고 낡아서 자세히 보지 않으면 모르고 지나칠 정도로 소박했다.

"…."

  신당의 문을 열었지만 그날 밤, 이곳을 꽉 채웠던 기운은 하나도 남아 있지 않았다. 마치 누군가 일부러 아주 꼼꼼하게 청소를 해 놓은 것처럼.

  거미줄과 곰팡이로 뒤덮인 벽화, 아무렇게나 굴러다니는 제기들, 쌓인 먼지 위엔 말라비틀어진 거미 몇 마리.

  그러나 거기엔 아직 어떤 기미가 흔적처럼 존재했다. 나는 흩뿌려진 기미들을 노려보았지만 그 의미를 읽어 낼 수는 없었다.

  마른 바람이 한 번 신당 안을 휘돌아 나갔다. 분명 끝난 게 아니었다.

에피소드 2. 청신(請神)

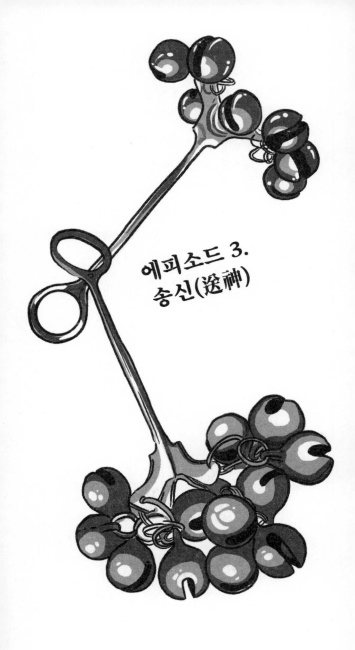

에피소드 3.
송신(送神)

며칠 밤낮으로 불 냄새가 났다. 묘하게 향긋한 재의 냄새가 도시 어디를 가도 풍겼다.

"이 불 냄새는 대체 뭐야? 할머니는 알아?"

간만에 기숙사가 아닌 집에서 보내는 주말이었다. 오래된 연립주택의 1층은 유독 어둑어둑했다. 세 개 있는 방 중 현관문에서 제일 가까운 방은 할머니의 신당이었다. 예전에야 할머니를 찾는 손님들이 꽤 많았더랬지만 지금은 아는 사람들 몇몇이 겨우 찾아오는 정도였다.

신당이라도 해도 별다른 것은 없다. 다만 할머니가 아침저녁으로 쓸고 닦아 늘 먼지 한 톨 없었다.

"요새라면 보릿대 태우는 냄새일 게다."

통통한 무김치를 와삭 베어 먹다가 할머니의 대답에 고개를 들었다.

에피소드 3. 송신(送神)

"보릿대?"

"보리는 추수했고 모내기를 해야 하는데 보릿대가 남아 있으니까, 싹 태워 버리는 거지. 이 도시 주변으로 논이 천지라 거기서 나는 냄새가 이 안까지 들어오는 거야."

도시를 둘러싼 평야가 떠올랐다.

이 근처엔 지평선이 보일 만큼 드넓은 논이 있었다. 서쪽 평야에서는 끝없이 펼쳐진 대지 너머로 해가 지는 풍경을 볼 수 있었다. 보릿대를 태울 때는 해가 사라지는 그쪽에서부터 불을 댕겼다.

그럼 불은 소리도 없이 번져 나가곤 했다. 잘 마른 보릿대들은 불에 닿으면 금방 사그라들었고 곧 검게 탄 자국과 재만이 남았다. 농부들이 만들어 놓은 골을 따라 불은 천천히 하지만 확실하게 눈에 보이는 모든 곳의 평야를 집어삼켰다.

달이 뜨지 않은 어두운 밤에는 이쪽으로 다가오는 불길이 더 잘 보였다. 뱀처럼 움직이는 불의 선. 아니라는 건 알지만 꼭 살아 있는 것처럼 보였다.

후우.

둥글게 분 숨결을 타고 날아간 죽은 것들의 재가루가 도시의 상공을 덮었다. 저 멀리서 다시 동이 트면 주변을 자욱하게 메운 연기가 새벽녘 햇살에 비쳐 반짝였다.

그런데 내가 이 광경을 어떻게 알고 있더라? 꼭 실제로 본 것처럼, 나도 모르는 기억의 페이지에서 그 모습이 스르륵 흘러나왔다.

"…."

말이 없는 나를 할머니가 가만히 들여다보았다. 나는 연기 속에서 빠져나오듯 고개를 들어 올렸다. 불 냄새가 짙게 났다.

"요새는 어떠냐."
"항상 비슷하지, 뭐. 공부하고 때 되면 밥 먹고."

할머니와 나.

나와 할머니.

둥근 밥상을 사이에 둔 두 점, 그리고 그 두 점을 이을 수 있는 단 하나의 직선.

수학 시간에 배운 적이 있었다. 두 점을 이을 수 있는 직선은 단 하나뿐이라는 걸. 나는 그 직선에 대해 생각하고 있었다.

나와 할머니를 잇는 직선은 이미 사라진 지 오래였다.

우리를 잠시 이었다가 영영 없어져 버린 직선. 그래서 이제는 없는 게 더 자연스러울 지경이 된 우리의 직선.

에피소드 3. 송신(送神)

일부러 떠올리지 않고 미뤄 둔 기억, 우리 사이의 잊힌 세대.

엄마.

"잘 먹었습니다."

오래된 개수대에 빈 그릇들을 놓고 냉장고에 남은 반찬들을 넣어 두었다.

"할머니는 기도 갔다올꾸마. 배고프면 뭣이라도 시켜 먹고 있어."

"나 저녁 안 먹고 바로 다시 학교로 갈 거야."

신발을 신던 할머니가 다시 집 안으로 들어왔다. 덕분에 나는 오래된 은비녀로 쪽 찐 할머니의 듬성듬성한 머리칼과 얼굴에 핀 검버섯을 좀 더 자세히 들여다볼 수 있었다. 나는 그런 부분까지 모두 포함해서 할머니를 좋아했다.

할머니가 내 어깨를 잡고 몇 번 주물렀고 흐트러진 머리카락을 정리했다. 나는 할머니의 입에서 나올 다음 말을 이미 알고 있었다.

"내 새끼. … 내 새끼."

불쌍한 내 새끼, 가여운 내 새끼.

나는 할머니가 속으로 집어삼킨 말들의 조각이 뭔지도 알았다. 하지만 내가 이렇게 현관문 앞에 서서 아무리 할머니를 보고 있다고 한들, 결국 할머니는 문을 열고 나갈 것이다. 불쌍하고 가여운 내 새끼보다는 치성을 선택할 것이다. 나는 거기까지 다 알고 있었다.

"이걸로 친구들이랑 맛있는 거라도 사 먹어. 응?"

할머니가 얼른 내 주머니에 바스락거리는 지폐를 넣어 주었다. 현관문이 열렸다 닫히고 나만이 남았다. 신당 방문에 할머니가 새로 써 붙인 축문이 가볍게 날렸다. 고운 한지에 쓰인 글자의 정갈한 글씨체가 눈에 들어왔다.

나는 신을 생각했다.

할머니의 신, 그리고… 엄마의 신.

할머니도, 엄마도 신과 함께했지만 신을 이해하지는 못했다.

그저 모실 뿐이었다. 이해할 수도 없고 이야기를 나눌 수도 없는 존재를 머리에 고이 이고 할머니와 엄마는 이 세상을 칼날 위 걷듯 살았다. 그 이해할 수 없는 이들의 의중을 훑어 내 극진히 모시고 또 모셨다.

거기에 무슨 의미가 있는지 나는 잘 몰랐다.

좋은 것들 중에서 또 좋은 것을 골라 상에 올려 봤자 작두날이 돌아오는 관계에 무슨 의미가 있는지 알고 싶지도 않았다.

에피소드 3. 송신(送神)

나는 새삼스러운 기분으로 집을 한번 둘러보았다.

공기에서는 향냄새와 바람 냄새와 바깥에서 들어온 불 냄새가 희미하게 섞인 냄새가 났다. 큰방 창문에는 내가 어릴 적에 글라스데코로 만든 스티커가 덕지덕지 붙어 있었고 작은방의 문 옆에는 내키를 쟀던 흔적이 남아 있었다. 어릴 적에 보던 오래된 그림책과 할머니의 향에 불을 붙이고 놀다가 장판을 태우면서 남긴 둥그런 자국들도.

하지만 집 안에 엄마의 흔적은 거의 없었다.

나무가 있던 자리엔 이파리가 남고 동물이 지나간 자리엔 발자취가 남는데, 엄마는 그런 걸 하나도 남기지 않았다.

생각해 보면 엄마가 살아 있을 때도 그랬다. 나의 엄마 한경이는 존재나 현재나 흔적이 아니라 부재와 미래와 공허로 자신을 주장하는 사람이었다. 있을 때보다 없을 때 존재감이 더 컸다.

어쩌면 그래서 엄마를 사랑한 사람들이 족족 미쳤던 건지도 모른다.

나는 엄마를 향한 사랑에 빠져 미친 사람들을 평생 보았다. 엄마에게 홀린 이들은 남자에 여자에 노인에 어린이까지 다양했다. 하지만 우리 엄마는 사랑의 대척점에 서 있는 사람이었다. 엄마는 다른 그 무엇도 아닌 죽음, 그 한순간의 소멸을 위해 살아갔다.

죽음을 위해 살아가는 사람의 인생은, 뭐라 말하면 좋을까. 그래, 한마디로 말하자면 아주 긴 장례식이었다. 죽음 직전까지 이어지는 길고 긴 의식.

그 장엄한 미사에 눈을 빼앗기지 않는 사람은 드물었다. 지금이 아니면 다시는 없을 찰나의 것에 대한 집착은 어쩔 수 없는 인간의 본능이니까.

그런 집착이 없는 드문 사람 중 하나가 우리 아빠고 또 하나가 나라는 점이 참으로 아이러니한 일이지만.

나는 엄마 한경이를 내 나름대로 사랑했고 또 그만큼 미워했다. 할머니는 엄마가 자신의 몫을 살았다고 했지만 내가 느끼기에는 그 몫이 너무 크거나 혹은 너무 작아서 문제였다. 엄마의 불균형은 고스란히 내게로 옮겨 왔다.

엄마는 대체로 모호한 사람이었지만 아주 가끔 자기 주변의 베일을 찢고 나온 것처럼 명료해질 때가 있었다.

그날의 엄마가 그러했다.

날이 뜨거웠나? 아마 그랬던 것 같다. 큰 굿이 펼쳐지면 외할머니와 엄마 둘 다 나가야 하는 일이 생겼다. 그럴 때면 맡겨질 곳이 없는 나도 함께 굿판에 나가곤 했다.

에피소드 3. 송신(送神)

거기에 가면 바쁜 할머니와 엄마 대신 다른 아주머니들이 나를 안고 이리저리 얼러 주었다. 신들의 이름을 주워섬기는 그들의 품 안에서는 빳빳하게 먹인 풀과 향의 냄새가 났다. 자기가 나설 차례가 되면 나를 다른 사람의 품에 넘겼다. 그러니 나는 신을 모시는 이들의 품에서 자란 셈이었다.

굿판을 벌인 사람들이 사방으로 둘러 놓은 신들의 그림은 눈동자를 이리저리 움직이면서 잡귀가 드나들지 않도록 안팎을 감시했다. 밀려오는 향과 불과 재의 냄새.

펄떡펄떡 뛰는 할머니의 버선발, 옆에서 하얀 고깔모자를 쓰고 큰 칼을 손에 쥔 채 움죽대는 엄마의 어깻짓.

엄마는 몇 번이고 입술을 옆으로 비껴들었다. 수차례씩 같은 노래와 춤이 반복됐다. 그건 뭔가 잘못되어 간다는 의미였다.

깽!

쇠가 깨지는 소리가 났다. 갑작스러운 소음에 눈을 퍼뜩 뜨니 나는 엄마의 품에 안겨 있었다.

- 엄마?

내 부름을 들은 엄마의 희뜩한 얼굴이 휙 나를 향했다. 늘 두르고 있던 베일이 벗겨져 드러난 엄마의 얼굴은, 도대체 뭐라고 표현해야 할지.

- 은파야, 우리 은파.

깨져 버린 굿판 가운데에 엄마는 아무렇지도 않다는 듯 서서 입술을 옆으로 비껴들었다.

엄마는 우는 것처럼 웃었고 웃는 것처럼 울었다. 엄마의 품은 서늘했고 나는 차일의 그늘에 채 가려지지 못한 뜨거운 팔을 엄마의 옷자락에 가져다 댔다.

- 경이야!

외할머니가 엄마를 불렀다. 하지만 엄마는 뒤도 돌아보지 않고 나를 그대로 턱 하고 상 위에 올려놓았다. 사과며 배며 높게 쌓인 과일들 사이에서 나는 멍하니 앞을 바라보았다. 새하얀 옷자락을 서슬 퍼렇게 휘날리는 엄마를 필두로 멍석 위에 서 있는 외할머니와 아주머니들의 얼굴이 보였다. 모두 놀란 얼굴들이었다.

- 골라라. 엄마가 다 줄게. 응?

나는 상 위에 앉아 엄마를 바라보았다. 아마 엄마는 정말로 그러고 싶은 것 같았다. 다른 아주머니들이 어쩌느냐며 외할머니를 쳐다보았지만 할머니는 옆으로 물러나라는 듯이 손을 한 번 크게 저었다.

에피소드 3. 송신(送神)

악공들도 뒤로 물러났고 나는 엄마만을 바라보았다. 깨끗한 이마가 눈에 들어왔다.

진주처럼 빛나는 이마였다. 외할머니는 그 모습을 두고 신이 턱 하니 앉기 좋은 이마라고 했다. 하지만 그날만큼은 신이 아니라 사랑이 산처럼 쌓여 거기에 앉아 있는 것 같았다.

엄마는 가끔 그랬다. 정말 가끔, 사랑을 비처럼 쏟아부었다. 그 비는 눈앞이 보이지 않을 정도로 새하얗게 퍼붓는 폭우였다.

그럼 나는 쏟아지는 사랑을 온몸으로 맞는 수밖에 없었다. 엄마가 내린 비는 아무 데나 무차별하게 떨어졌다. 필요한 곳에도 필요하지 않은 곳에도. 자연재해가 그렇듯 막을 방법이 없었다.

나는 그래서 내내, 사랑은 폭우 같은 건 줄 알았다. 다른 사랑은 한 번도 받아 본 적이 없었으니까. 폭력적으로 느껴질 만큼 마구잡이로 쏟아지는 것이, 사랑인 줄로만 알았다.

나는 뭐든 주겠다는 엄마의 말에 얼른 제사상 위를 둘러보았다. 수많은 과일 사이에서 새빨갛게 익다 못해 얇은 껍질이 찢어지고 있는 자두가 눈에 들어왔다.

- 저거요.

내가 손으로 가리키자마자 엄마 한경이의 손에 들려 있던 큰 칼이 번뜩 움직였다. 그러더니 가장 위에 올라가 있는 그 새빨간 알을 푹 찍었다.

푹.

왜 내가 아팠는지 모르겠다.

칼에 꽂힌 자두가 달큰한 향을 내며 줄줄 물을 흘렸다. 나는 엄마의 칼끝에 꽂힌 자두와 엄마의 얼굴을 번갈아 가면서 바라보았다. 사랑이 미친 듯이 쏟아지는 엄마의 얼굴을 보면서 나는 직감했다.

어쩌면 지금 보고 있는 엄마의 얼굴이, 자신이 줄 수 있는 것 중에서 가장 좋은 것들을 뭐든지 정말로 주고 싶다는 얼굴이, 평생 내 머릿속에 각인되어 남을 거라고. 어쩌면 아무것도 아닌 순간에조차 이 표정을 떠올리게 될 거라고.

그건 좋은 일일까. 아니면 최악의 일일까.

어느 쪽이든 선택의 여지는 없었다. 내가 엄마를 골라서 나지 않았듯, 엄마가 나에게 주는 기억들도 고를 수 없었다. 그저 손에 쥐어지는 것들을 짐처럼 든 채 계속 계속 걸어가야만 했다.

작은 내 두 손을 꽉 채울 만큼 컸던 그 붉은 것을 기억한다.

그것은 꼭 작은 심장처럼 보였다. 붉은 표피에

찍힌 칼의 흔적이 깊었다.

마침내 엄마가 그렇게 죽었을 때, 나는 언젠가 엄마와 같은 운명을 맞게 되는 게 아닐까 싶어 두려움에 벌벌 떨었다. 장례를 치르는 3일 내내 엉엉 우는 나를 보며 몇 없는 친척들은 그래도 제 어미라고 죽은 게 슬픈가 본데 딱하다고 쯧쯧 혀를 찼지만 실상은 전혀 그렇지 않았다.

나는 길지 짧을지 모를 내 인생이 슬퍼서 그렇게 운 거였다.

엄마는 늘 마지막을 원했다. 그렇다면 마지막에는 행복했을까?

물어볼 수 있었더라면 좋았을 것이다. 하지만 그랬더라도, 나는 엄마의 대답이 거짓인지 참인지 궁리하는 데 골몰하느라 바빴으리라.

"결국 지금이랑 똑같이 살았겠지."

엄마가 죽고 나서 나는 엄마에 대해 궁금해하지 않기로 했다.

지금까지 그 다짐을 잘 지켜 왔지만 엄마가 다녔던 Y여고에 들어가면서부터 결심은 어쩔 수 없이 무너져 내렸다.

오래된 복도를 지나치는 사람들의 물결 속에서, 시간의 흐름 속에 성장했을 벚나무 아래에서, '72

회 졸업생 기증'이라는 글자가 박힌 거울 속 내 모습을 보면서 나는 엄마의 얼굴을 떠올렸다. '한경이'라는 명찰을 단 엄마는 이 안에서의 3년을 어떻게 보냈을지 궁금했다.

나는 작은방에 있는 책장 문을 열었다. 유리가 덜거대는 소리를 냈다.

엄마가 산 큰 책장. 색이 바랜 동화책들과 오래된 전집 사이에 꽂혀 있는 책 하나를 꺼냈다. 칙칙한 자줏빛 하드커버엔 금박으로 익숙한 이름이 쓰여 있었다.

'72회 Y여고 졸업 사진첩'.

커버를 넘기자 오래전 학교의 전경이 나왔다. 옛 교복을 입고 비슷한 머리 스타일을 한 여자애들이 시루 속 콩나물처럼 빽빽하게 모여 창문으로 고개를 내민 모습이 찍혀 있었다.

빛이 들지 않는 교실에서 내민 얼굴들은 좋지 않은 화질 때문에 어둠 속에 둥둥 떠 있는 것처럼 보였다. 운동장은 지금보다 훨씬 더 넓었고 나무는 더 작았고 학생들의 표정은 지금과 똑같았다.

졸업 사진을 찍은 시기는 요즘과 비슷한 여름철이었다. 내가 학교에서 마주치는 선배들과 똑같은 표정을 짓고 있는 30년 전 Y여고의 학생들.

에피소드 3. 송신(送神)

둥실둥실 뜬 얼굴들.

흰 얼굴들 사이에 아주 희미하게 어려 있는 기묘한 불안감을 나는 이제 읽어 낼 수 있었다. 분명 저 때도 그 전설이 있었을 테니까. 익숙한 표정을 보고 있다가, 내가 모르는 시간과 공간들 사이로 아무렇게나, 흘러 들어가 버리고 말았다.

쐐애애애액!

뜨거운 여름의 한낮, 물 끓는 소리 같은 뒷산의 매미 소리가 들려온다.

사진사는 벌써 몇 번이나 구도를 바꾸고 있었다. 뜨거운 햇살이 내리꽂히는 바깥에서 저러는 사진사도 고생이겠지만 이렇게 더운 날, 다닥다닥 몸을 붙인 채 창문가에 서 있어야 하는 우리도 고생이었다. 서로의 살갗이 닿는 부위가 뜨거웠다.

교실 안의 선풍기가 달달거리면서 돌아갔지만 거기서는 미지근한 바람만 흘러나왔다. 얼굴이 겹치지 않게 다시 창문에 모여 서면서도 우리는 서로의 눈치를 보았다.

꼭 영정 사진을 찍는 것 같다, 야.

그런 말이 실제로 누군가의 입에서 흘러나왔나? 아니면 모두가 그렇게 생각하고 있었던 걸까. 나의 시선은 흘금흘금 맨 뒤쪽에 서 있는 사람에게 향했다.

새까만 머리카락이 그림자처럼 뚝 떨어졌고 햇빛 한 번 보지 못한 것 같은 하얀 팔뚝이 날카로웠다.

우리는 모두 그 애의 이름을 알았지만 제대로 부른 적은 없었다.

그건 미신 같은 거였다. 신의 딸을 함부로 부르면 무슨 일이든 일어난다고 했다.

그 애는 걸음걸이부터 남달랐다. 말쑥하니 새색시 같은 그 걸음걸이는 앞에서 보아도 뒤에서 보아도 꼭 외줄을 타는 것 같아 사람의 시선을 끌어당겼다.

작은 행동거지에서부터 가련하고 비정한 맛이 있었다. 그 애가 밖에서 눈 한번 내리깔면 길가의 뭇사람이 전부 넘어간다는 소문이 넘실댔다. 우리는 그 애에 대한 모든 소문을 들었고, 다 믿지는 않았지만 그래도 대부분을 믿었다.

예를 들면 지금 그 애의 옆에 있는⋯.

다시 다들 나와 봐! 진짜 이번이 마지막이다!

밖에서 들린 주임 선생님의 목소리에 다시 모두 창문가로 모였다. 이번엔 그 애와 그 애의 친구도 함께였다.

에피소드 3. 송신(送神)

분명 방금 전까지는 너무 더웠는데 묘하게 교실 안 기온이 낮아진 게 느껴졌다. 우리의 시선은 어쩔 수 없이 그 애를 향했다. 그리고 그 애의 옆에 선 멍청한 얼굴의 다른 애에게도.

아는지 몰라.

글쎄 말이야.

다들 여기 보세요, 라는 말이 들렸지만 걔의 시선은 옆 친구에게, 그리고 우리의 시선은 그런 둘에게 향해 있었다.

신의 딸이면 그런 일 정도는 피할 수 있지 않냐.

우리가 잘못한 건 아니잖아.

원래 저런 애들은 베풀고 살아야 한댔어. 그러니까….

어느 날, 어느 때의 이야기가 속살거리는 소리를 남기며 내 귀에서 멀어졌다.

문득 정신을 차리니 나는 사진 속에서 빠져나와 있었다. 내가 듣고 본 것은 이 사진이 찍힐 때의 이야기. 나는 손에 들린 졸업 앨범을 멍하니 내려다보았다. 사진 속 아이들의 분위기는 저 때나 지금이나 다를 바가 없다.

기묘한 불안감과 공포. 사람들 사이를 휘젓고 다

니는 '그 전설'.

전설을 완성하기 위해 피해자를 물색하는 은밀하고도 바쁜 시선들의 얽힘이 내는 소리는, 알아챌 줄 아는 자의 귀에만 들렸다.

사진의 위에 쓰여 있는 'Y여자고등학교'라는 글자가 눈에 들어왔다. 그래, 이건 저곳에 소속되어 시간을 보낸 사람들만이 아는 분위기였다.

나는 사진 속 사람들의 시선을 따라갔다.

수백 명의 학생 속에서도 엄마를 단번에 알아볼 수 있었다. 빽빽한 다른 곳에 비해 엄마가 서 있는 곳 주변에는 묘하게 사람이 없었다.

그래서, 비어 있는 공간의 어둠이 엄마의 얼굴 뒤로 마치 둥근 광배를 드리운 것처럼 보였다. 엄마는 금빛으로 찬란한 광배 대신 어두운 그림자 광배를 머리에 쓴 채 이쪽을 바라보고 있었다.

나와 나이가 비슷했던 시절의 엄마 얼굴을 보는 건 늘 이상한 일이었다. 저 시기로부터 몇 년 후, 엄마의 인생에는 나라는 점이 등장하지만 사진 속 엄마는 그런 미래 따위는 전혀 모른다는 얼굴을 하고 있다.

나는 순수한 죽음으로 감싸인 엄마의 얼굴을 찬찬히 들여다보았다. 아마, 엄마도 알고 있었을 것

에피소드 3. 송신(送神)

이다. 학교에 떠다니는 소문과 분위기와 또 자신에 대한 수많은 이야기들을. 엄마가 이 학교를 다녔을 때도 그 전설은 있었을 것이다.

그럼, 그때의 3년은 누가 챙겼을까.

어떤 자의 어떤 희생으로 그 삼년상을 넘겼을까.

다시 한번 사진에 찍힌 엄마를 보았다. 어둠 속에서 엷게 웃고 있는 엄마 한경이가 희미하게 보였다. 엄마는 항상 그렇게 사라질 것처럼 굴곤 했다. 엄마의 어렴풋한 얼굴을 집요하게 훑다가 천천히 시선을 거두었다.

팍.

순간적으로 스파크가 튄 것 같았다. 그렇게 팍 튀어서, 그녀가 나왔다.

"… 왜?"

멍청한 질문이었다. 내가 그렇게 묻는다고 해서 누군가 답을 줄 리가 없었다. 나는 어둠 속에 흔적처럼 가라앉은 얼굴을 쏘아보았다. 하지만 그런다고 해서 나타난 얼굴이 사라지는 건 아니었다.

"왜 네가 여기 있는 건데…?"

내 엄마, 아니 아직은 열아홉인 한경이의 뒤에 붙어 있는 그녀는,

캐비닛 안쪽의 시간축에서 흘러나온 양 갈래 머리.

산속을 뛰어다니던 흰 등.

돌에 몇 번이고 부딪쳐 피가 났던 둥근 이마.

나는 얼어붙은 채로 내 엄마의 어깨를 끌어안고 있는 손과, 경애와 미열에 달뜬 눈동자와, 오만하게 들려 있는 들창코를 보았다.

뭔가가 달칵이며 돌아갔다. 그러나 나는 무엇이 돌아가고 있는지 알 수 없었다. 그 때문에 이 거대한 세계가 슬슬 움직이기 시작했는데 나만 얼빠진 표정으로 서 있는 기분이었다.

한경이, 그리고 그녀.

나는 미친 듯이 앨범을 넘겼다. 두꺼운 페이지가 서로 스치면서 파열음을 냈다. 손가락 끝이 날카로운 종이 단면에 스쳐 피가 났지만 멈출 수 없었다.

확인을 해야 했다.

"한경이, 한경이, 한경이…."

찾아낸 엄마의 이름, 그리고 바로 옆.

둥근 타원 속에 양 갈래 머리를 한 그녀의 사진이 있었다. 그 밑에 적힌 세 글자가 내 눈으로 뛰어들어왔다.

이 이 채

에피소드 3. 송신(送神)

나는 언젠가 내 허벅지에 닿았던 작은 온기를 떠올렸다.

Y여고의 멍청한 검은 고양이. 그리고 내 엄마의 옆에 붙어 있는 저 멍청한 얼굴.

바람이, 안개를 가져왔다. 산에서부터 내려온 짙은 안개는 땅과 하늘을 뒤섞어 놓았다.

예보되지 않았던 안개가 우리 시를 뒤덮었다는 짧은 단신이 인터넷 뉴스에 떴다. 이채는 보이지 않았다. 주중 내내, 그리고 주말 동안에도 이채는 없었다. 나는 날짜를 다시 한번 확인했다.

구간제의 마지막 날이었다. 비어 있는 신들의 자리에 안개가 속속들이 스며들었다.

그 안을 실체 없는 것들이 부유했다. 모습은 보이지 않았지만 발자국 소리나 진득한 숨결, 서늘하고 축축한 피부가 이따금 느껴졌다.

교실이란 교실에는 전부 불을 켜 놓았지만 짙은 안개에 둘러싸인 빛은 멀리 가지 못했다. 숨을 들이마시면 차갑고 눅눅한 공기에 섞인 질척한 비계 냄새가 났다.

"아니, 벌써 불 올리셨어요?"

체육 선생님이 급식실 바깥에 놓인 커다란 들통

을 보곤 놀란 듯이 물었다. 관리 아저씨가 고개를 연신 끄덕였다.

"돼지가 커서 지금부터 불을 올려 놔야 돼."

커다란 드럼통을 두 개 이어 붙여 만든 얼룩덜룩한 구이용 들통에는 시꺼먼 기름때가 잔뜩 껴 있었다. 구멍을 통해 연기가 뿜어져 나왔다. 털이 그슬리고 비계가 녹고 죽은 살이 구워지는 냄새가 안개의 결을 따라 학교 곳곳에 지독히도 퍼졌다.

"올해도 그날이 오긴 하는구만."

누군가 그렇게 말했다. 아저씨가 연기를 한 번 빼려는지 뚜껑을 확 열었다. 그러자 통통하게 살이 오른 돼지 시체 한 구가 드러났다. 벌린 입에 꽂힌 굵은 쇠막대기가 몸 전체를 꿰고 있었다.

"엄청 크네요, 진짜."

선생님들 몇이 나와서 그렇게 말했다.

"그래 봤자 애들 한 점씩 떼어 주면 금방 없어져요."
"애들 이제 이런 거 잘 먹지도 않는데, 내년부터는 차라리 피자 같은 걸 돌리는 게 어때요?"

그렇게 말한 사람은 체육 선생님이었다. 이 학교에 오래 근무했던 몇몇 선생님들의 시선이 체육 선생님에게 순간적으로 쏠리는 게 건물 안에서도 보였다. 아주 짧았지만 모두의 말이 잠시 끊기기엔

에피소드 3. 송신(送神)

충분한 시간이었다.

기묘한 안개가 그들 사이로 흘렀다. 학년 부장 선생님이 곧 사람 좋은 웃음을 흉내 냈다. 다른 선생님들이 따라 웃었다.

"아이고, 우리 이 쌤이 온 지 얼마 안 돼서 잘 모르시나 본데 이게 전통이거든요. 이렇게 같은 음식을 나눠 먹으면서 수능 100일 기원하는 거요."
"… 아, 그런 거예요?"

몰랐다는 듯 체육 선생님이 머쓱한 표정을 지었다.

"저녁에 그거 하기 전에 애들 나오라고 해서 먹여야겠네."
"'그거'는 뭔가요?"

체육 선생님이 다시 한번 물었다. 그 물음에 부장 선생님의 웃음이 깨졌다. 얼른 다시 돌아오긴 했지만.

"그냥 100일 소원 기도 올리는 거예요. 1, 2학년 애들이 축원문 썼잖아요."
"아, 그렇지 않아도 축원문 다 모였다고 하던데요."
"저기 복도에 걸린 게 그거예요. 축원문도 걸고 돼지고기도 좀 먹고. 남은 100일 동안 인간으로서의 노력을 다하도록 돕기 위해 다른 것의 힘을 조금 빌리는 거지요. 게다가 이번 구간제는 특별해서 더 기대해 볼 만하니."

"다른… 거요?"

체육 선생님의 물음에 부장 선생님이 어, 하는 표정을 지으며 고개를 돌렸다. 방금 전 자신이 무슨 이야기를 했는지 모르는 얼굴이었다.

"예?"

"아니, 다른 것의 힘을 빌린다고 하셨잖아요. 구간제는 또 뭔데요?"

순간 부장 선생님의 말이 끊겼다. 상황을 보다 못한 한문 선생님이 입을 열었다.

"어휴, 별거 아니에요. 야자 하기 전에 애들 나와서 시원하게 소리도 지르고 장기 자랑도 하고 촛불도 켜고 수능 잘 보게 해 달라고 소원도 빌고! 그런 행사예요."

"아. 그렇군요."

체육 선생님이 겨우 이해했다는 듯 고개를 끄덕이자 다른 선생님들은 가까스로 숨을 내쉬었다.

1, 2학년 아이들이 오며 가며 돼지가 구워지고 있는 커다란 통을 흘긋흘긋 바라보았다. 돼지머리는 잘라서 고사용으로 쓴다고 했다.

안개 때문에 모든 게 희뜩희뜩하게 보였다가 사라지고 사라졌다가 다시 보였다. 별관으로 가는 복도에 걸린 종이들이 나부꼈다. 학생 위원회 애들이

에피소드 3. 송신(送神)

축원문 사이사이에 등불을 설치했다.

앞으로 100일.

100일간 3학년 선배들은 후배들이 기원을 담아 꾹꾹 써 내려간 축원문들 사이를 아침저녁으로 오가야 했다. 이는 기운을 받는 의식 중 하나였다.

나는 팔락이는 종이들 사이에서 내 축원문이 어디쯤 걸려 있을지 가늠해 보았다. 내가 쓴 축원문은 모르는 3학년 선배가 와서 가져가 걸었다. 기율 선배가 직접 가져가지 않을까, 라는 걱정 반 기대 반은 보기 좋게 무너졌다.

기율 선배는 이번 주 내내 모습을 보이지 않았다. 아니, 모습을 보이지 않았다는 말은 정확하지 않았다. 그저 내 눈에 띄지 않았을 뿐이다. 하지만 그 점이 오히려 내 신경 줄을 자극했다. 어디에 내버려 둬도 번쩍이는 칼날이 이 정도로 보이지 않는다는 건 날을 곱게 숨긴 채 은밀한 장소에 들어앉아 있다는 걸 의미했으니까. 이 짙은 안개 속 어디서 칼날이 번뜩일지 몰랐다.

'이채는 어디에 있는 걸까.'

물어볼 것이 많은데 이채는 안개에 녹아 버리기라도 했는지 찾을 수가 없었다. 캐비닛에서 나온 사진 속 그 사람과, 이솔 선배를 홀려 산으로 데려간 그 사람과, 우리 엄마 한경이 옆의 그 사람과,

그리고 이채.

"저쪽으로 끌어!"

영차, 하는 소리가 들렸다. 그 직후 별관과 본관 사이 잔디밭을 둘러싼 안개 속에서 거대한 그림자가 천천히 일어섰다. 지켜보고 있던 애들과 선생님들이 와, 하고 감탄사를 내뱉었다.

"진짜 크다. 이런 게 어디 있었어요?"

별관 뒤에 펼쳐져 있는 산을 배경으로 우뚝 솟은 것은 거대한 장대였다. 꼭대기에는 둥그렇게 말아 놓은 지푸라기가 박혀 있었다.

"거기 말뚝 박았어?"
"잠깐만요!"

쾅! 쾅! 뚝!

무거운 소리가 별관과 본관 벽을 울리고 다시 튕겨 나왔다. 커다란 대못이 땅을 파고들었다. 흔들리던 거대한 장대가 이제 똑바로 섰다. 장대 끝에 매달린 색색의 깃발이 축 늘어졌다.

"다 됐다."

모든 준비가 착착 진행되고 있었다. 산줄기에서 내려온 바람이 교실 창문에 드리워진 커튼을 흔들었다.

"어…?"

에피소드 3. 송신(送神)

흔들린 커튼 사이로 희뜩한 얼굴이 설핏 드러났다가 사라졌다. 어둠을 광배처럼 두른 그 얼굴. 나는 누가 잡아당기기라도 한 것처럼 펄떡 일어났다.

이이채!

분명 이이채였다. 한경이의 곁에 서 있던 사람. 달뜬 눈동자를 하고 있던, 낯익으면서도 그만큼 낯선 얼굴.

나는 이채를 잡기 위해 얼른 경사면으로 향했다. 경사면을 내려가는 동안 창문 바깥의 풍경이 휙휙 바뀌었다. 시간이 뒤로 흐르고 있었다. 그 흐름이 나를 현재가 아닌 다른 시간으로 데려갔다. 다시 한번 나는 다른 시공간으로.

1층에 도착해 밖으로 나가자 내 머리 위로 새의 까만 그림자가 뚝 떨어졌다가 스쳐 지나갔다.

Y여자고등학교.

2층 벽면에 붙은 글자가 선명했다. 졸업 앨범에서 보았던 그대로.

나는 천천히 주변을 살폈다. 크기가 훨씬 작아진 벚나무들과 이제 막 지어진 것처럼 반짝반짝한 강당이 보였다. 여기가 과거의 Y여고라는 걸 금방 눈치챘다. 언젠가 이채가 해 준 말이 떠올랐다.

내 눈은 반쯤 신의 눈이나 마찬가지라고.

앞쪽에 누군가의 등이 보였다. 몇 번이나 보았던 익숙한 등. 흔들리는 양 갈래 머리.

나는 그 등에 손을 뻗었다. 그러자 곧 이이채의 몸속으로 빨려 들어가게 되었다. 나의 눈은 이이채의 눈이 되어 몇십 년 전의 Y여고를 바라보았다.

하.

한숨이 절로 나왔다. 금방 알아챌 수 있었다. 아니, 모를 수가 없었다.

이이채에게서 나는 지독하게 달콤한 향기. 그건 그 나이대 아이들이 생각하는 온갖 좋은 것은 다 쓸어다가 끓여 만든 향이었다.

수학여행에서 운명처럼 발견한 네 잎 클로버와

오려서 빳빳하게 보관해 놓은 좋아하는 가수의 사진과

한 통을 까면 딱 한두 개 나오는 좋아하는 맛의 사탕과

까르륵거리는 소리를 내며 맞춘 우정 반지의 반짝이는 가짜 보석들과

밤새워 쓴 편지와 서로 포즈를 맞춰서 찍은 사진과

에피소드 3. 송신(送神)

시간 가는 줄 모르는 채 속삭이던 입술과 입술 사이의 간격과

얽어 잡은 손가락의 체온 같은 것을

한 솥 가득히 끓인 다음 친구라는 이름의 서리를 얹어 굳혀 낸 그 젤리 같은 것에서 나는 향.

"이채야."

귀에 익은 목소리를 듣자마자 숨을 삼켰다. 나는, 그러니까 이이채는 쉽게 고개를 돌리지 못했다. 간단한 행동마저 힘들게 만드는 사람이었다. 한경이는.

네가 내 이름을 부르면.

아무것도 아닌 그 이름에 진짜로 이채가 어리곤 했다.

"이채야, 뭐 해?"
"경이야."

하고 싶은 말은 많았지만 겨우 이름 하나를 불러 보는 게 고작이었다.

"응, 무슨 생각을 그리 해?"

가장 먼저 시야에 들어온 건 빛을 안으로 끌어들이는 깊은 우물 같은 두 눈동자.

나는 젊은 엄마, 내가 모르는 엄마의 모습을 이

이채의 눈을 통해 박물관 안의 작품이라도 감상하는 것처럼 가만히 바라보았다.

빛을 받은 경이의 한쪽 눈이 순간 폭탄이 터지듯 반짝였다.

한경이.

경이는 나에게, 이 자그마한 세상 속에서 가장 경이로운 존재였다.

경이는 모든 것에 아주 손쉽게 아름다움을 부여했고 의미를 줄 수 있는 사람이었다. 그런 사람은 오직 한경이뿐이었다.

경이가 꺾어 든 강아지풀은 세상에서 가장 아름다운 강아지풀이 되어 내 두꺼운 사전 속에 그대로 남았고 경이가 좋다고 하는 노래는 가장 아름다운 사랑 시가 되어 한 계절이 지나도록 내내 나를 울렸다. 경이가 쓰던 몽당연필과 늘어난 머리 끈과 수업 시간에 내게 주었던 별 의미 없는 쪽지와 그 애가 물고 있던 빨대 같은 것들은 신중히 채취되어 내 보석함 안에 몸을 뉘었다.

경이, 언제나 놀라운 나의 친구.

경이야, 나의 경이야.

나만의 경이.

에피소드 3. 송신(送神)

나의 손이 빛과 어둠을 반반씩 넘어 경이의 손으로 향했다. 이제 이 손을 잡고 우리는 순간을 영원으로 박제할 것이다. 아주아주 오래된 시간과 전설과 믿음 속에서 우리는 영원히 함께일 수 있다.

너, 알고 있었네?

내 질문에 이이채가 슥 웃는 게 느껴졌다.

이이채는 이미 알고 있었다. 우리 엄마 한경이가 어떤 존재고 어떤 힘을 가졌고 또 얼마만큼 빌어먹을 사람인지. 하, 그래. 모를 리가 없었다. 지금까지 얌전을 빼고 앉아서 모르는 척했을 뿐.

사진으로 남은 이이채의 그 눈빛이 의미하는 바는 분명했다. 상대방을 머리부터 발끝까지 오독오독 씹어 먹고 싶다는 욕망이 너무나 선명했다. 그런데도 자신의 감정에 채 이름을 붙이지 못한 순진함이 역설적일 정도였다.

"경이야."

나는 이이채의 손이 한경이의 손을 붙잡는 것을 보았다. 흰 손가락들이 베를 짜는 것처럼 엮여 갔다. 손을 잡은 두 명의 학생이 저쪽으로 뛰쳐나가는 걸, 흰 교복 위로 흔들리는 둘의 머리칼이 이따

금 섞이는 것을,

나는 본다.

한경이를 흠모하는 이채의 눈길을. 그건 모가지를 꺾기 전, 딱 예쁘게 핀 꽃을 좀 더 감상하려는 눈길이었다.

나는 이솔 선배를 따라갔던 날 밤의 환시를 떠올렸다. 댓돌에 선배를 올려놓고 연거푸 절을 하던 이이채의 환영을. 바닥에 머리를 내리쳐 송골송골 맺힌 핏방울은 옥구슬처럼 뚝뚝 떨어져 내렸고 차가운 댓돌에 계속 부딪혀 같은 자리를 검붉게 물들였다.

그때 이채는 산속 신당에서 도대체 무엇을 바쳤던 걸까.

전설과 신이 만족할 만한 제삿밥이 무엇이었을까.

알고 있었어. 이채는 알고 있었어.

봄이면 거름을 주고 잡초를 뽑고 여름이면 물을 대고 벌레를 잡고 가지를 치고 장마가 오면 물꼬를 트고 이파리를 솎고 가을이면 햇볕을 보여 색이 고루 물들고 맛이 담뿍 들도록 한, 그렇게 고이고이 길러 탐스럽게 잘 익은 과실을 뚝 따서 도대체 어떻게 할 생각이었지?

응?

에피소드 3. 송신(送神)

이이채가 불면 날아갈세라 곱게 키운 한경이는,

누가 봐도 만족할 만한 공양물이었다.

나는 흐드러지게 핀 벚나무 아래로 달려가는 두 사람을 바라본다. 한경이의 시선으로 이이채의 날렵하게 들린 코끝과 이어지는 인중의 부드러운 곡선을, 이이채의 시선으로 파도처럼 휘날리는 한경이의 머리카락과 그 사이로 언뜻언뜻 보이는 아름다운 소라 같은 귓바퀴를 본다.

그리고 순간.

한경이의 두 눈이 정확히 나를 보았다. 오래된 사진 속에서 그랬던 것처럼. 가능할 리가 없는데도 나는 엄마가 나를 알아보았다고 생각했다.

지금 나는 이이채의 몸을 입고 과거에 와 있는데, 어떻게 엄마가. 나를 아직 낳지도 않은 엄마가.

그러나, 엄마의 입술이 호선을 그린 순간 나는 알 수 있었다.

은

파

엄마의 입술이 모였다가 양옆으로 벌어졌다. 들

리지 않는 엄마의 목소리는 위아래로 요동을 쳐서 결국 내 귀까지 도달했다. 파동은 느리지만 확실하게 전해졌다.

경이의 핏줄은 결국 파동을 따라 나에게 이어지고 말았다.

어둠 속 저 멀리에서부터 천천히 타오르는 불의 선처럼, 모든 것을 조용히 휩쓸어 가면서 결국 내 발밑까지 도착하고 말았다. 사각이며 쓰러지는 풀의 밑동과 주홍빛으로 물들었다가 끝내 재가 되어 사라지는 잎새들이 소곤거린다.

이곳에 왔다

여기에 왔다

이제는 어쩌겠느냐

내 안을 휘도는 핏줄에 누군가 시뻘겋게 녹인 쇳물을 휘 부어 버린 것 같았다. 달궈진 핏물이 혈관을 타고 돌았다. 치이이익. 타는 냄새가 났다.

나는 나보다 30년의 세월 앞에 서 있는 엄마를 보았다. 눈동자 속 검은 우물에 기묘한 빛이 일렁였다.

가장 아름답고 가장 보기에 좋은 꽉 찬 낟알 같던 한경이.

에피소드 3. 송신(送神)

매일같이 경건한 마음으로 죽음을 향해 시시각각 다가가던 한경이.

은파야.

나는 이채를 불렀을 때와 똑같은 어조로 내 이름을 부르는 목소리를 듣는다.

엄마의 부름에 내 심장 한편의, 너무나 오래된 자두 알 같은 것이 달각였다.

무르고 달큰해서 썩어 들어가기 쉬운 그 마음이 내는 소리.

나는 뭔가 더 묻고 싶었다. 예를 들어, 엄마가 나를 배고 낳았고 먹였고 기른 그 시간의 이유 같은 것들을. 하지만 어떤 대답이 나올지 두려웠기에 지금껏 그 질문들을 심장 어딘가에 파묻어 놓았다.

뱉어야 할 때 뱉지 못한 것들이 그렇게 고이고 고여서 내 마음의 한 부분이 썩어 간 걸지도 몰랐다.

은파야.

그 부름에 내 눈동자가 위로 휙 치켜 올라갔다. 보고 싶지 않았지만 못 박힌 듯 눈동자가 더 이상 움직이질 않았다.

나는 한경이의 머리에 희디흰 고깔이 씌워지는 모습을 보았다. 푹 씌워진 고깔은 머리를 넘어 얼굴을 다 뒤덮었다. 마치 하늘에서 내려온 하얀 손이 엄마의 머리를 콱 쥐어 잡는 것처럼 보였다.

엄마는 달랑 모가지를 잡힌 채 둥실 떠올랐다. 고이고이 기른 머리카락이 길게 아래로 늘어졌다. 엄마는 점점 더 위로 오르고 오르고. 하얀 교복의 와이셔츠 자락이 올라가고 긴 치맛자락이 흔들리고.

내 옆에서 이이채는 두 손을 꼬옥 감싸 쥔 채 열띤 눈으로 그 광경을 바라보았다. 기대감과 환희, 알 수 없는 무언가로 번들거리는 눈동자.

마침내 시야에 들어온 건 엄마의 두 발.

말간 두 맨발이 눈에 콱 들어왔다.

우리 은파 엄지발가락은 엄마랑 똑 닮았네, 정말.

누가 그런 말을 했더라. 나는 엄마의 다리라도 붙잡아야 한다는 생각이 들었다. 저렇게 가면 끝인데 그러면, 그러면 엄마와 엄지발가락이 똑 닮은 나는 어떻게 되는 것인가.

판박이야, 판박이. 여기 점도 엄마랑 같은 위치에 있고.

에피소드 3. 송신(送神)

가끔 지 엄마랑 똑같은 행동을 할 때마다 웃기지도 않아.

엄마!

소리를 쳤지만 목소리는 채 밖으로 빠져나오지 못하고 계속 안으로만 꼬여 들어갔다. 엄마, 잠깐 기다려 봐. 엄마, 은파야. 나 은파라고!

저년 눈동자 속을 하나도 알 수 없는 게 지 에미를 똑 빼닮아서.

핏줄은 못 속인다더니, 육시를 낼 것을.

육시를 내자, 저것을 육시를 내자.

죽고 나서도 편히 눈감을 수 없도록 육시를 내자.

봉긋하게 솟아 있는 무덤을 파내 반쯤 삭은 관짝을 열고 시체를 꺼내서 다시 한번 모가지를 팍 치면 남은 뼛가루가 이리 뛰고 저리 뛰고 그 모가지를 친 칼날에도 조청같이 딱 붙어서는

뎅

눈을 뜨니 나는 교실 안에 앉아 있었다. 교실은 붉은색으로 가득 차 있었다.

"피…!"

끼익!

날카로운 소리를 내며 의자가 뒤로 나동그라졌다. 눈을 깜박였다.

지금 여기엔 엄마도 이이채도 없었다. 피라고 생각했던 것은 창문을 통해 가득히 넘어온 검붉은 노을이었다. 그 노을이 교실을 붉은 바다 안으로 처넣었을 뿐이었다. 나는 불길한 색으로 가득한 교실 안을 가만히 보았다. 열린 창문으로 흘러들어 온 바람엔 여전히 재와 불의 냄새가 섞여 있었다.

과거의 이이채와 엄마, 그리고 나를 기억하고 있던 엄마 한경이.

그게 내가 본 것들이었다.

나는 나와 엄마 사이의 30년을 떠올렸고 그 30년간 지독하게 이어진 전설을 떠올렸다.

모든 게 어딘가에서부터 어긋나 있다는 느낌이 자꾸 들었다. 30년 동안 아주 천천히 비틀린 무언가가 지금의 간극을 만들어 냈다. 어느 순간 이 간극은 사람 하나는 충분히 빠질 정도로 깊어져서….

와아아.

밖에서 사람들이 떠드는 소리가 났다. 그 소리에 내가 어디에 있는지 겨우 깨달을 수 있었다. 다시 돌아온 지금의 Y여고, 돌아온 전설.

에피소드 3. 송신(送神)

창밖 아래를 내려다보니 사람들의 새까만 머리통이 바글바글 몰려 있었다. 일순 어찔해졌다. 그 모습이 꼭 사체에 새까맣게 몰려 있는 개미 떼 같았다.

바깥으로 나온 3학년 선배들은 모두 교복을 단정히 차려입고 있었다. 시계를 보니 석식 시간이 지나고 야자 시작하기 전이었다. 저쪽에서 누군가 선배들을 불렀다.

"이쪽으로 와!"

내가 있는 4층의 교실까지 돼지 냄새가 났다. 그 냄새를 맡으며 나는 꼭 뭐에 홀리기라도 한 듯 잔디밭으로 내려갔다. 커다란 들통 안에서 불에 그슬린 돼지는 이제 머리가 뚝 잘려 있었다. 누군가 돼지의 몸통에 날이 선 칼을 석석 들이밀어 살과 비계와 피를 알맞게 나누어 주었다.

잘린 돼지머리는 잔디밭 가운데, 큰 장대 아래 놓여 은은한 미소를 띤 채 제 몸이 칼로 이리저리 헤집어지는 꼴을 바라보았다.

"와, 맛있겠다!"

깔깔거리는 소리가 났다. 선배들의 손가락 사이에서 돼지고기들이 다시 조각나고 더 잘게 부서져 목구멍으로 넘어갔다.

선배들은 먹으면서도 웃었다. 깔깔깔. 먹는 구멍과 웃는 구멍이 따로 있는 것 같았다. 그들의 웃음은 정확한 음절을 가지고 부서져 내렸다. 서로 팔짱을 낀 채 잔디밭에 옹기종기 모여 있는 선배들의 모습은 지지배배거리는 참새들 같아 보였다.

보라, 같은 피를 마시고 같은 육체를 나눈 자매들이다.

"어. 시작한다, 시작한다."

복도에 매달린 100장의 축원문 사이사이 색색의 둥그런 등불에 불이 들어왔다. 부옇게 밝아 오는 축원문들.

"예쁘다!"

한 장 한 장 마음을 담아 쓴 축원문들이 바람에 날렸다. 순간 그것이 보였다. 얇은 축원문 종이에 비치는 글자.

현신(顯神)

망자(亡者)

신위(神位)

모든 축원문 종이에 여섯 개의 글자가 선명하게 나타났다.

"… 씨발."

에피소드 3. 송신(送神)

기율 선배가 했던 말이 떠올랐다.

네가 꼭 써 줬으면 좋겠어, 이 내용대로 써야 해, 한 글자도 틀리면 안 돼,

왜 굳이 손으로 축원문을 쓰라고 했는지 겨우 알아차렸다. 이건 쓴 사람들의 기운을 받아 완성한 제사의 지방문이나 다름없었다. 그렇게 100장의 축원문을 모아 만들어진 이 정교한 판.

좆 됐네?

이곳으로 신과 망자를 부르는 축원문의 저 흔들림. 이 판 위에 등장할 가련한 영혼들을 찾아서 휘돌아 나가는 저 바람. 끝없이 도는 윤회.

첩첩이 늘어서 있는 축원문 사이로 검은 수의를 입은 사람들이 하나둘씩 기어 나왔다. 누군가 길게 외쳤다.

혀언시인— 망자아아아— 시이이이인위—

신과 죽은 자는 나타나서 자리에 임하소서 우리가 지금 여기 있사오니 임하소서

사사삭.

불가사의한 속도로 3학년 선배들이 움직였다. 눈을 한 번 깜박이는 사이 선배들은 한 치의 일그러짐도 없는 원을 그리며 섰다.

"무슨…."

잔디밭 가운데 세워 놓은 커다란 장대를 중심으로 똑같은 거리를 두고 똑같은 차림을 하고 똑같은 표정을 지은 채 서 있는 사람들.

아, 이것은 재현이다.

끔찍할 정도로 처절한 재현. 그 재현에는 과거의 것들을 이 시공간으로 불러오는 힘이 있었다. 과거의 영광을 나타내는 것들이 속속들이 이곳에 도착했다.

해가 진 곳에서 시작된 밤을 넘어온 불길과 연못 물이 빠진 자리를 딛고 이곳으로 온 큰 걸음들, 간절한 바람과 죽은 자의 혼이 길게 늘어서 있었다.

그리고 모두를 큰 바늘과 기다란 실을 써서 한 줄로 이은 것은 바로 내 어머니의 경이.

뎅

다시 한번 느린 종소리가 파동을 만들어 냈다.

넓은 잔디밭에 우뚝 솟은 거대한 장대. 그 끝에 달린 오색의 깃발이 아주 천천히 펄럭이기 시작했다. 꼭 보이지 않는 손이 깃발을 잡고 흔드는 것처럼.

에피소드 3. 송신(送神)

모든 준비가 끝났다.

100장의 축원으로 완성된 지방문과 내려올 곳을 표시하기 위해 높이 솟은 장대, 오방의 색, 흠향하고픈 연기를 풍기는 큰 불과 돼지머리.

그리고 줄줄이 서 있는 오늘의 새끼 어미들. 그 수는 총 일백여든 하고도 일곱이었다.

흠 없는 교복을 맞춰 입은 그들의 모습은 그야말로 간절한 모양새를 만들어 냈다. 잘 다린 하얀 와이셔츠와 어느 한 곳 비뚤어지지 않은 리본과 정갈히 채운 단추와 머리카락을 반듯이 넘겨 쪽 잡아매서 드러난 가르마들이 하나같이 위에서 보시기에 좋을 만한 광경을 수놓았다.

후우우

정돈된 가늘고 긴 숨이 하늘과 땅을 울렸다. 그 사이를 긴 장대가 이었다. 장대 끝에 매달린 오방색의 깃발이 그물처럼 펼쳐져 신의 기운을 아래로 전했다.

쿵쿵쿵

거대한 심장이 뛰는 듯 땅을 울리는 소리가 났다. 밟고 있는 지면이 숨을 쉬는 것처럼 움직였다. 깊고 짙은 불온이 밀려왔다.

계겡겡겡게겡겡!

탁한 쇳소리가 들렸다. 그러자 둥글게 선 선배들이 일제히 제 신발과 양말을 벗었다. 곱게 벗은 양말이 하얀 꽃잎처럼 보였다. 가지각색의 맨발, 일백여든일곱에 두 배를 곱한 수의 발들 사이로 나는 본다.

뱀처럼 스며드는 두 쌍의 다른 발들을.

사뿐사뿐 말쑥한 새색시 같은 걸음걸이. 가련하고 비정한 맛이 있는 그 외줄 타기.

"엄마!"

나는 쇳소리를 질렀다.

잘못 봤을 리가 없었다. 전설이 지금 여기에 현현한다면 당연히 한경이와 이이채가 나타나야 했다. 과거 우리 엄마를 전설의 일부로 만들려고 했던 이이채. 그 양 갈래 머리 소녀.

"엄마아!"

장대를 가운데 두고 빙글빙글 돌기 시작하는 선배들 사이로 자세를 낮춰 파고들었다. 온몸에 따끔따끔한 전기가 흘렀다. 새하얗고 차가운 다리와 발과 팔이 내 어깨와 등과 옆구리를 밟거나 밀었다. 서늘한 손들이 나를 눌렀다.

살갗 위로 느껴지는 불길한 밀도감, 얇은 공기층 사이사이 압축된 비명들이 나를 찔러 댔다.

에피소드 3. 송신(送神)

마르은 무으으으으을

누군가 선창을 했다.

"안 돼…."

새끼 어미들의 입이 쫙쫙 벌어져 다음 구절을 불렀다.

지방 지방 밟고 올라온 크은 화(禍)님 오신다

일백 하고도 여든일곱의 목소리가 겹겹이 울려 퍼졌다. 노래에 휘말린 것처럼 나는 이리저리로 쓸려 다녔다. 선배들이 경중경중 뛰면서 빙글빙글 돌았다.

하늘에는- 구름 업(業)이

따앙에는- 두엄 업이

노래는 메기기와 받기로 이어졌다. 순서가 정해져 있는 듯 선창을 하는 사람은 계속 달라졌다.

동방에는 꺼꾸리 별 서방에는 불똥 별

남방에는 썩은 바닷고기 북방에는 다리 여덟 달린 송아지가 휘이 이쪽으로 오면 큰절을 올리웁고

휘이이, 하는 소리가 군데군데에서 올라왔다. 그들의 숨소리는 이미 이곳의 소리가 아니었다. 그들은 이제 하나의 무구(巫具)나 다름없었다.

좍 뻗은 그들의 손이 너울거리면서 한꺼번에 올

라가 이쪽으로, 다시 저쪽으로 우르르 움직였다. 장대를 향해 움직였던 가느다란 손들은 곧 기묘한 각도로 꺾이기 시작했다.

어딘가 부러진 것처럼 기이한 형태가 된 손가락들이 내 머리카락을 휘어잡았다.

아악, 비명을 지르려고 하니 입에 쑥 무언가가 들어왔다. 둘둘 만 새하얀 양말이었다. 안으로 꽉 박힌 양말이 입속을 가득 채웠다.

그리고 누군가 내 입술 위로 손가락을 올렸다. 그 손가락이 입술과 인중 사이에 빗장처럼 딱 맞게 걸렸다. 쉬잇, 조용히 하라는 듯.

제사 중에는 부정 타는 말을 해서는 안 된다. 그래서 제사 준비를 시작할 때부터 사람들은 자신의 입을 경계해 하얀 종이를 물곤 했다.

휘이이, 휘이이이!

선배들이 작은 틈으로 터뜨리듯 숨소리를 내뱉었다. 나는 수많은 손에 붙들린 채 장대 밑으로 끌려갔다. 내 발은 마음과는 달리 잘도 내달렸다. 꼭 이렇게 되기를 기다려 왔다는 양.

콱. 내 무릎이 꺾였다.

번들번들 기름기가 가득한 돼지의 얼굴이 나를 뚝, 쳐다보았다. 두툼한 돼지의 혀에서 풍기는 기

에피소드 3. 송신(送神)

름 냄새가 훅 나를 감쌌다.

징징징징.

내 주위를 빙글빙글 도는 선배들의 움직임은 아까보다 더한 신명에 휩싸였다. 하늘에서 땅에서 동서남북에서 무언가가 몰려들었다.

샥샥샥.

새끼 어미 일백여든 하고도 일곱의 얼굴들이 가면을 돌려 쓰듯 획획 바뀌었다. 결국에는 아무것도 없는 희뜩하고 매끈한 얼굴이 되었다.

사라진 얼굴에선 이제 어떤 기색도 찾아볼 수 없었다. 같은 옷, 같은 머리 모양, 사라진 얼굴. 오늘 벌어진 일들은 모두의 것이었다. 누가 계획했고 실행했고 수혜를 받는지 특정할 수 없었다. 부정의 업이 누군가에게 쏠리지 않도록 애쓴 정교한 작업의 결과였다.

아아아아

눈도 코도 입도 없는 얼굴이 위아래로 쭉쭉 늘어났다. 만족한 듯 웃고 있는 돼지의 콧구멍에서 김이 솟아 나왔다.

불어닥치는 바람, 몰려오는 무언가들. 똬리를 튼 구름이 이리저리 움직이며 멋대로 흘렀다. 학교 뒤편의 산이 우줄우줄 움직였다. 산에서 무언

가 나온다. 아니, 아니다. 저건 산이 아니라 아주아

주 커다란.

뚝.

소리와 움직임이 한꺼번에 멎었다.

순간의 적막에 어리둥절해하는 사람은 나뿐이었

다. 내 주변에 둥글게 진을 친 선배들은 모두 한곳

을 보고 있었다. 눈은 없었지만 그들은 둥글고 맨

들한 얼굴로 그것을 보았다. 젖혀진 그들의 목덜미

가 꿀꺽 침을 삼키며 움직였다.

순간, 내가 무릎 꿇고 있는 이 자리에 둥그런 그림

자가 떨어졌다는 걸 알아챘다. 숨이 얕게 차올랐다.

나는 잔디밭 한가운데에 혼자 앉아 있었다. 그렇

다면 이 그림자의 정체는 대체 무엇일까. 일백여든

일곱 개의 얼굴이 꺾인 채 위를, 그러니까 내 위를

바라보고 있었다.

아주 서늘한 냉기가 저 위에서부터 내려왔다. 무

언가의 깊은숨과 닮은 그 기운은 내 정수리로 떨어

져 어깨와 목덜미, 팔을 타고 흘러 다리와 무릎을

감싸고 땅 아래로 스며들어 갔다. 잔디밭 위로 무

언가 툭, 소리를 내며 떨어졌다.

투둑, 툭.

두 동강 난 벌레가 다리를 파닥파닥 움직이면서

에피소드 3. 송신(送神)

빙글빙글 돌았다. 빙글빙글. 도망치려 했지만 마음대로 움직일 수 없었다. 순식간에 내 몸이 휘떡 뒤집혔고 나는 보았다.

높은 장대의 위에 둥실 떠 있는 그것의 미소를.

둥그런 그림자는 거대한 목불의 것이었다. 가부좌를 한 채 아래를 내려다보는 커다란 목불의 입술이 위로 말려 올라갔다. 새로 만든 듯한 이빨들이, 선명하게 붉은 잇몸이 보였다. 씹다 만 벌레들이 툭툭 아래로 떨어졌다.

나는 눈을 깜빡이지도 못한 채 이 학교 위에 현신한 목불을 보았다.

오십니다 오십니다 우리는 맞이합니다 맞이합니다

선배들이 합창하듯 중얼거렸다. 목불이 선배들에게 자비로운 어둠을 나누어 주었다. 곧이어 갑자기 목불의 웃음이 뚝 멈췄다.

장삼으로 가려진 배에서 뭔가 꿀떡거리는 게 보였다. 조금씩 움직이던 그것은 점점 더 커져서 위로 올라가고, 올라가고, 올라가고.

목까지 끓어오른 움직임이 순간 멎었다.

내 눈에는 그 찰나에 길게 감겨 있던 목불의 눈이 뜨인 것 같았다.

꾸웨에에엑!

열린 목불의 입에서 반쯤 소화된 사체들이 흘러나와 내 주위로 비 오듯 쏟아졌다. 벌레, 짐승, 그리고 그다음엔….

칵칵거리는 소리를 내며 목불이 그것을 게워 냈다. 둥근 머리통들이 땅으로 추락했다. 잘린 돼지머리는 익어 버린 눈동자로 쏟아지는 머리통들을 바라보았다. 돼지머리는 여전히 웃고 있었다.

텅 텅 텅!

폭우처럼 쏟아지는 머리통들이 내 몸을 마구잡이로 내리쳤다. 아악, 악악! 비명 소리가 안으로 삼켜졌다. 색색의 깃발이 마구잡이로 벌벌 떨렸다. 도망치고 싶었지만 다리에 힘이 들어가지 않았다.

그제야 나의 쓰임새를 알아챘다. 나는 먹힌다. 이 제사상에 올라간 공물로서 먹히는 것이다.

이이채가 우리 엄마 한경이를 그렇게 조심스레 제사상 위에 올려놓았듯이 저들은 나를.

웅크린 내 몸에 차갑고 질척한 액체가 뚝뚝 떨어졌다. 내 위에서 입을 쩍 벌리고 있을 그것을 떠올리지 않으려 애썼다. 하지만 노력을 하면 할수록 그것의 아주 작은 움직임까지 느껴졌다.

나는 눈을 감았다. 감으려고 했다. 술렁이는 바람. 그리고.

에피소드 3. 송신(送神)

딸랑.

명징한 방울 소리에 퍼뜩 고개를 들어 올렸다. 바닥에 닿은 하얀 두 발이 보였다.

나는 초승달처럼 휘어진 기율 선배의 긴 눈썹을 바라보았다.

누구든 알 수 있을 터였다. 이곳에서 오로지 김기율만이 쏟아지는 햇살 아래 서 있는 사람이라는 걸. 기율 선배의 뒤엔 '그것'이 있었다. 우리가 영영 이해하지 못할 신. 그리고 그것의 사랑이 쏟아지듯 흘러내렸다. 기율 선배의 머리카락과 손등과 발가락에 이르기까지. 꿀 같은 사랑이 쏟아져 내렸다.

여기 있는 모두가 어떻게 행동할지는 기율 선배의 의중에 달려 있었다. 가라 하면 가고 오라 하면 올 것이었다.

"은파야."

맑고 서늘한 목소리가 내 앞에 뚝 떨어졌다. 꿈결에 들리는 목소리 같았다.

"은파야."

나는 겨우 선배와 시선을 맞췄다. 기율 선배의 모습은 평소와 똑같았다. 커다란 칼을 혀 안에 숨겨 놓은 채 상대방을 찌를 듯이 바라보는 그 눈빛.

기율 선배가 슬쩍 허공을 올려다보았다.

우리에게 그림자를 드리우고 있는 목불을 바라본 기율 선배의 눈에서 검은 눈동자가 샥 사라졌다. 흰자만 남은 눈이 오히려 진짜 기율 선배의 모습을 더 잘 드러내는 듯해 나는 멍하니 선배를 응시했다.

흰 눈을 뜬 기율 선배의 입에서 쇳소리가 났다.

칭.

시작을 알리는 징 소리. 목불이 후우우, 한 번 숨을 불어 넣자 아래에 떨어진 머리통들이 게게 소리를 내며 움직였다. 죽은 지 오래된 머리통들의 입에서 목소리가 흘러나왔다. 그들의 목소리는 한 사람이 내는 것처럼 울렸다. 온몸에 소름이 돋았다.

"은파야, 너도 봤지."

기율 선배의 목소리는 평소와 다를 바가 없었다.

"어, 어, 어떤 걸…."

기율 선배가 춤이라도 추는 것처럼 움직이며 머리통들을 발로 밟았다. 그때마다 머리통들이 산산조각 났다.

에피소드 3. 송신(送神)

"이것도 아니고, 저것도 아니고."

기율 선배는 잘 익은 수박이라도 고르듯 머리통 사이를 이리저리 누볐다.

"봤을 거 아냐. 니네 엄마랑 관련된 일인데 네가 못 봤을 리가 없잖아."

그 말에 온 머리칼이 쭈뼛 섰다.

"우, 우리 엄마를 어떻게⋯."
"어떻게 아냐고? 그 사람을 내가 왜 모르겠니. 정말 웃긴다, 너."

선배의 눈이 나를 훑었다.

"그 피 냄새를 숨기지도 못할 거면서. 아, 찾았다."

선배가 무슨 소리를 하는지 나는 알아들을 수가 없었다. 하지만 선배는 나에게 설명해 줄 생각이 없는지 그대로 허리를 숙였다.

"깜찍하게 이런 데에 숨어 있고 말이야."

대가리 하나에 발을 올려 둔 선배가 또 다른 대가리의 머리칼을 우악스럽게 잡아 들었다. 그러자 흙 속에서 뭔가가 쑤욱 뽑혀 나왔다.

"은파야, 너도 알지? 응?"

나는 흙이 덕지덕지 묻은 그 얼굴을 본다. 기율 선배에게 머리채를 잡힌 얼굴이 낯익었다.

모를 수가 없었다. 그 사진 속에서, 그리고 그동 안 나의 옆에서.

"… 이이채."

익숙한 이름이 흘러나왔다.

기율 선배가 잡은 것을 팍 내려놓았다.

이이채의 머리가 바닥을 굴렀다. 흐트러진 양 갈 래 머리칼이 눈에 들어왔다. 분명 이솔 선배와 함 께 산을 오르던 그 애였다.

"둘이 이렇게 만나는 건 처음인가? 그동안 네가 잘 키워 줬어, 아주."

신당 앞에서 이마에 피가 나도록 머리를 짓찧던 사람, 열아홉 한경이를 옆에서 경이에 찬 눈빛으로 보던 그 이이채.

기율 선배가 이채를 훑어보았다. 쓸 만한지 가늠 하려는 것처럼.

"이렇게까지 키워 줄 거라곤 기대 안 했는데. 잘 했어, 은파야."

선배의 다정한 목소리가 꿀처럼 흘렀다.

이이채가 고개를 들었다. 저자는 엄마의 이이채 이기도 했고 동시에 내가 아는 고양이 이채이기도 했다.

에피소드 3. 송신(送神)

"너도 봤잖아. 네 엄마 옆에 애가 껌딱지처럼 달라붙어 있던 거. 진짜 피는 못 속이나 봐. 겉으로 보기엔 은파 너랑 네 어미랑은 닮은 구석이 하나도 없는데. 애는 잡귀가 돼서도 금방 알아채고 너만 쫓아다녔잖니."

기율 선배가 퍽 기특하다는 눈빛으로 이이채를 보았다.

"원래 잡귀가 되면 생전의 기억은 다 까먹는다고 하던데 꼭 그렇지만도 않은가 봐."

"키웠다는 건… 대체 무슨 뜻인가요? 제가 이렇게 만들었다는 거예요?"

기율 선배가 가만히 나를 보았다.

"네가 애한테 먹이를 줬잖아. 기억 안 나? 뭐였더라. 잠깐만. 그래, 그거부터였지. 개구리귀."

젓가락 끝에서 개꾹 하는 비명과 함께 개구리귀가 사라진 그때부터.

"아직 완벽하지 않긴 한데."

기율 선배가 발끝으로 쓰러져 있는 이이채의 몸을 꾹꾹 눌렀다. 과일을 사기 전에 다 익었는지 그렇지 않은지 슬쩍 만져 보듯이.

"그래도 다시 인간의 형태는 갖췄으니까 이만하면 괜찮지."

기율 선배가 하늘을 한 번, 땅을 한 번 보았다.

선배는 눈을 감고 자애로운 미소를 지었다. 나는 선배의 신을 느꼈다. 이 세계 안에서 김기율은 단 하나의 등불이었다.

"자, 이제 모든 준비가 끝났다."

기율 선배의 목소리가 우릉우릉 천둥처럼 울렸다.

선배가 입을 활짝 벌리곤 혀 아래서 무언가를 꺼냈다. 손가락 사이에서 반짝이는 것은 아주 날카롭게 벼려진 작은 칼이었다. 어디에 쓰는 물건인지 바로 알았다. 군더더기 하나 없이 오로지 누군가의 핏줄을 베는 용도로 만들어진 칼은 얼핏 의료용 메스처럼 보였다.

"받아라. 내가 주는 검이다."

눈 깜짝할 사이에 코앞으로 다가온 기율 선배가 내 손에 그 칼을 쥐여 주었다.

작은 칼은 아주 차갑고 동시에 아주 뜨거워서 내 손바닥 안에 녹아들 것만 같았다. 기율 선배가 쓰러져 있는 이이채를 자루 다루듯 끌고 와 내 앞에 던졌다.

"네가 키운 것을 추수할 수 있는 권리를 주마."

이이채는 30년 전, 열아홉이었던 모습 그대로였다.

에피소드 3. 송신(送神)

우리 학교 교복을 입고 있는 이이채는 이제 완전히 제물로서의 모습을 갖추고 있었다.

학교의 학생 중 하나가 죽을 때, 전설은 완성될 수 있었다. 그리고 내 앞에는 전설의 실현을 향해 잘 닦인 길이 펼쳐져 있었다.

제물은 내가 아니었다. 기율 선배가 씩 웃었다.

"이미 너도 알고 있겠지. 이것이 어떤 속셈을 가지고 네 어미에게 접근했는지 말이야. 나의 자비로움에 고개 숙여도 된다, 아이야."
"자비라니…."

내 말에 기율 선배가 가여워하는 눈빛으로 나를 들여다보았다.

"네가 짊어지고 있는 무거운 짐을 내가 덜어 주겠다는 것이다. 너는 그저 믿고 따르면 된다. 나의 그분께서는 너그러우시다."

나는 작고 날카로운 칼을 든 채 온몸을 떨었다.

"모든 것을 다 보지 않았니. 저것이 네 어미를 곱게 키워 잡신의 입에 바치려 했다. 네 피의 업보가 어디서 온 것 같으냐?"
"하지만 우리 엄마는…!"

이 학교에서 죽지 않았다. 그것만큼은 확실했다. 하지만 기율 선배는 가볍게 대답했다.

"어디 육신의 죽음만이 죽음이더냐. 그 긴 죽음은 그때부터 시작되었다."

기율 선배가 쓰러져 있는 이이채의 이마를 손으로 가볍게 쓸어 넘겼다. 그러자 깔끔했던 이마에 핏멍울이 또렷하게 도드라졌다. 돌바닥에 머리를 짓찧어 생긴 것이었다.

"그래. 네 어미를 제물로 올리기 위해 이것이 아주 사력을 다했지. 얼마나 많은 사람이 네 어미의 목숨을 탐냈는지 모른다. 그러니 그만 죽음의 연쇄를 끊어 내라. 이는 정해진 바요, 네가 가야 할 길이다."

나는 내 손에 들린 칼을 보았다.

이이채가 한경이를 제물로 바칠 생각을 했던 그 순간부터 모든 게 다 어그러졌다. 그렇게 30년 동안 어그러져서 우리 엄마는 나를 낳았고 엄마가 갖고 있던 저울의 추는 나에게 굴러떨어졌다.

그럼 이제 나는 어찌해야 하나.

"선배는, 언제부터 알고 있었어요? 대체 언제부터!"

내 절규 같은 물음에도 기율 선배는 자비로운 미소를 지우지 않았다.

"우리가, 그날 처음 봤던가."

에피소드 3. 송신(送神)

이번 정류장은 Y여고, 서낭당 앞입니다. 하차하실 분은 벨을 눌러 주세요.

내가 누른 하차 벨에 붉은빛이 들어왔다.

"그때부터⋯."

업을 쌓은 나의 엄마와, 죽어서도 학교를 떠나지 못하고 잡귀가 된 이이채, 그리고 그 인연을 첫날부터 꿰뚫어 본 저 김기율.

기율이 가볍게 웃었다.

"가여운 것. 우리는 너에게 가엾음을 느꼈다. 왜 너인지는 묻지 마라. 거기에는 이유가 없다. 하루가 왜 끝나고 또 왜 시작되는지 겨울 다음에는 왜 봄이 오는지 사람은 왜 죽는지 답할 수 없는 것과 같으니."

기율의 숨에서 희부연 안개가 흘러나왔다.

"네 어미로부터 넘겨받은 업보를 그 칼로 잘라라. 그럼 우리의 전설이 완성될 것이다."

그때 알았다.

"선배는, 나를 검으로 사용하고 싶었던 거군요? 그래서 이리저리 재어 본 건가요?"

예쁘다, 예쁘다 했던 그 말들이 전부 다.

눈에 들어왔다 어쩼다 했던, 그 말들도 모두.

"나의 검이 될 수 있는 영광을 주는 것이지."

영광. 사랑과는 너무 먼.

내가 키워 낸 이이채를 죽이면 나는 업보에서 벗어나 자유를 얻을 수 있고 기율 선배는 선배가 따르는 그분의 뜻에 따라 올해의 전설을 완성할 수 있다. 이 학교의 누군가가 3년에 한 명씩 죽어야만 한다는 그 전설을.

어찌 보면 나쁘지 않은 거래였다. 다만 확인하고 싶은 게 하나 있었다.

"… 선배의 그분께는 당연히 저보다 선배의 안위가 먼저겠죠?"

떨리는 내 목소리가 볼썽사나웠다. 하지만 그 질문을 던지지 않고는 배길 수가 없었다.

나에게 내릴 자비와 너그러움도 있는지, 정말 알고 싶었으니까. 지금까지 짧은 삶을 사는 동안 나는 내내 사랑을 갈구했다. 누군가 나에게도 이유 없는 자비를 베풀어 주기를. 마구 쏟아지는 폭우가 아닌 따뜻하게 내리쬐는 햇살 같은 감정을 주기를.

그런 마음을 받을 수만 있다면 나는 기꺼이 어떤 일이든 할 수 있었다.

"하하."

에피소드 3. 송신(送神)

기율 선배가 웃었다. 가벼운 웃음 끝에 산들바람 같은 대답이 흘러나왔다.

"당연하지 않니. 언제나 그분께는 내가 우선이란 다."

구김살 없는 목소리는 선배가 늘 사랑만 받고 살 았다는 걸 증명했다.

"이번에는 가여운 너의 안위까지 너그럽게 생각 해 주신 거지."

"그럼, 지금까지의 일이 다 선배를 위한 무대를 꾸밀 준비였다는 소리네요?"

"맡은 바 역할을 잘 해내면, 그분께서 너에게도 복을 주실지 누가 알겠어. 그리고 또 나 역시…."

기율 선배의 시선이 내 얼굴을 진득하게 훑었다. 마치 우리가 처음 봤을 때 그랬던 것처럼. 차가운 뱀의 혀가 온몸을 가로지르는 느낌이 들었다.

"나도 너에게 좋은 것들을 주고 싶거든."

기율 선배의 눈길이 나에게 기울어진다. 가까워 진 눈빛이 교묘하다.

"우리가 이어지면 나도 정말 좋을 것 같아서 그 래. 네가 나의 검이 되어 준다면 우리 관계가 좀 더 깊어질 수 있을 테니까."

짤랑. 짤랑. 짤랑.

팽팽하게 걸린 줄에 매달려 있는 금방울들이 울린다. 방울의 수는 늘어나고 또 늘어나 선배의 뒤편을 꽉 메울 정도의 커다란 광배를 만들었다. 둥글게 돌아가는 방울들의 움직임.

"너도 나를 놓치고 싶지 않잖아. 진짜 가족을 만들고 싶잖아. 내가 너에게 다 줄 수 있다니까?"

기율 선배의 손이 내 팔뚝 위를 미끄러지듯 움직였다. 방울이 바르르 떨린다. 꼭 뱀의 혀처럼.

아래로 내려온 기율 선배의 손가락 끝이 내 손 위에 머물렀다. 내가 조금만 움직이면 잡을 수 있을 정도의 간격을 두고 마치 희롱이라도 하듯이. 가볍게 날아가는 뻐꾸기를 연상시키는 그 동작.

"네 어미의 업을 갚는다 생각하고 그저 한 번 움직이면 되는 거야. 그럼, 네가 다 가질 수 있다."

기율 선배의 시선이 이이채가 있는 곳으로 향했다.

나는 기율 선배의 뒤에 펼쳐진 금방울들, 그리고 금방울과 기율 선배를 감싸고 있는 '그것'을 바라보았다. 선배에게 사랑을 퍼붓는, 누구도 함부로 그 심도를 잴 수 없을 만큼 깊고 깊은 심연의 신.

이쪽을 향해 타들어 오는 불길과 우리의 머리 위에 머물러 있는 순수한 존재까지 모두 느낄 수 있었다.

에피소드 3. 송신(送神)

나는 차려진 제사상 위에 올라가 있는 이이채를 보았다. 신당의 문을 열었을 때 본 것과 똑같은 광경이었다. 달라진 점은 오늘 이마를 짓찧을 사람은 나라는 것뿐.

겨우겨우 펄떡이는 이이채의 맥박이 눈에 들어왔다. 곧 벌어질 일은 살인이 아니었다. 이이채는 이미 30년 전에 죽은 뒤 이 학교에 붙어 있는 한낱 잡귀에 불과했다. 개구리귀를 젓가락으로 잡아다가 던지는 행위와 다를 바가 없었다.

목불의 이빨 사이에서 으스러지던 벌레들을 떠올렸다. 딱 그 정도면 된다. 나는 그냥 따라 하기만 하면 되는 거다.

하지만 그래 봤자 뭐 해.

정작 바라는 건 얻을 수가 없는데.

"이이채."

내 부름에 대한 이이채의 반응이라고는 한 번 꿈틀거리는 게 전부였다.

우리의 작은 검은 고양이 이채. 나는 다시 한번 그 감각을 떠올렸다. 부드럽고 은근하게 나아가던 은젓가락의 진행 방향과 속도를.

나와 이채를 흥미롭게 쳐다보는 기율 선배의 시선을 느꼈다. 얼마나 잘하나 한번 보자, 라는 말이

담겨 있는 눈길이기도 했다.

'… 씨발.'

나는 속으로 욕을 삼켰다. 어쩐지 슬슬 화가 나기 시작했다.

가여운 나의 안위까지 *너그럽게* 생각을 해 줘?

모두가 나를 그렇게 생각했던 거다. 가장 마지막에 대충 챙겨도 되는 덤 같은 존재. 잘 쌓아 놓은 깨끗한 과일들 아래 마구잡이로 던져둔, 팔지도 못하는 하자품.

아무도 신경 쓰지 않는 존재라고 해서 아무렇게나 대해도 되는 건 아닌데.

어이가 없었다.

이 험한 상황에 나를 밀어 놓고는 결국.

나는 이래서 신이라는 것들이 싫었다. 제멋대로 함부로 구는 그들을 우리는 끝내 이기지 못한다.

가끔, 우리에게 선의를 내려 주긴 했다. 저들에게는 먹던 고기 조각을 떨군 정도였겠지만.

기율 선배의 말은 거짓이 아니었다. 이이채를 죽인다면 그동안 나에게 붙어 있던 무거운 빚을 정말로 청산할 수 있을 것이다. 이건 내 인생에 처음으로 주어진 선택지였다.

에피소드 3. 송신(送神)

내 손에 들린 칼을 한 번 보았다.

"그다지 어려운 일을 요구하는 게 아니잖아."

기율 선배가 속살거리는 소리가 들렸다.

하지만 처음으로 가져 본 선택지보다 더 크게 다가오는 것은.

내가 진짜 어이가 없어서.

카악 퉤, 침을 뱉고 싶었다. 저것은 지 새끼인 김기율의 손에 피 한 방울 묻히기 싫다는 이유로 이 짓거리를 벌이고선, 나에게 교묘하게 칼자루를 들려 주고는 마치 대단한 선의라도 베푼 것처럼 거들먹거렸다.

눈에 힘이 들어갔다.

아주 오랫동안 쌓인 울분이 몸속 깊은 곳에서부터 천천히 들끓고 있는 게 느껴졌다. 약한 불로 천천히 달군 울분은 이미 곳곳에 눌어붙어 긁어도 떨어질 생각을 하지 않았다.

그럼, 이제 어떻게 해야 하나.

나는 반 죽어 있는 이이채의 얼굴을 내려다보았다. 이런 것 때문에 내 앞날까지 걸어야 할 필요가 있을까 하는 망설임이 잠깐 들었다.

온 산의 바람과 불들이, 여기에 모여든 이매망량들이 숨을 죽인 채 나를 지켜보고 있었다. 떨어질 고기 조각이 없나 기웃거리는 저 아귀들은 입을 쩍 벌린 채 전부 이이채의 죽음을 바라고 있었다.

그래, 이이채의 처지는 덤 취급당하는 내 처지와 비슷했다.

여기서 이이채가 죽는다고 한들 신경 써 줄 영혼이 어디 하나라도 있겠는가. 누구에게도 사랑받지 못한 가엾은 혼은 그렇게 아귀들의 먹이나 되는 것이다.

아마, 이이채가 없었다면 내가.

내가 저 자리에 있었을 것이다. 누구라도, 상관은 없었을 것이다. 죽여도 후환이 없는 가장 편리한 대상을 찾으면 그뿐.

짜증이 울렁거렸다.

하지만 나 혼자서는 이 판을 뒤집을 수가 없었다. 내 등을 밀어 대는 기운에 어쩔 수 없이 칼을 쥔 손을 들어 올렸다. 손이 내 것이 아닌 것처럼 움직였다.

'이이채!'

에피소드 3. 송신(送神)

나는 속으로 그 이름을 불렀다. 칼의 끝이 새하얀 목덜미를 향해 빨려가듯 움직이는 속도가 너무 빨랐다.

이럼 안 되는데, 잠깐.

푸욱.

어?

내가 휘두른 칼이 내 안으로 파고들었다.

다시 울창한 숲속. 커다란 돌무더기, 금줄, 길의 끝에 있는 신당.

그 길을 천천히 올라가는 사람의 뒷모습이 보였다. 바람에 흔들리는 머리칼 사이로 목덜미가 드러났다. 이이채였다. 나는 다시 과거의 어딘가를 걷고 있다는 것을 알아챘다.

신당 앞까지 도착한 이이채의 입술은 바들바들 떨리고 있었다. 그 상태로 바닥에 무릎을 꿇은 채 문까지 무릎걸음으로 다가갔다. 그 안에, 세상에서 가장 귀한 거라도 있다는 듯 아주 조심스러운 모양새였다.

이이채가 신당의 문을 열었고 그 어둠 속에는,

옴.

옴.

옴.

새하얀 두 발. 어둠마저 빨아들인 발.

나는 기율 선배가 쥐여 준 칼을 손에 든 채, 신당의 어둠 속에 잠겨 있는 나의 엄마 한경이의 존재감을 느꼈다. 내 앞에 엎드린 이이채 역시 같은 것을 느낀 모양이었다.

- 이채야.

그 부름에 이이채가 너무 심하게 흠칫거려서 가련하게 보일 정도였다.

- 경이야….

- 와 줬구나, 결국엔.

한경이의 말에 이이채가 털썩 주저앉았다. 이이채의 눈에서 눈물이 방울방울 솟아났다.

- 경이야, 나를 용서해라. 응? 나를 용서해.

나는 그제야 엄마의 발목에 묶인 끈을 알아챘다. 얼마나 꽁꽁 매어 놨는지 피가 통하지 않아 묶인 자리가 시퍼렇게 변해 있었다.

이이채가 제 머리를 쾅, 돌바닥에 들이박았다.

- 어쩌다 너를 해칠 생각을 했는지 정말 모르겠구나, 경이야!

에피소드 3. 송신(送神)

쾅. 쾅. 쾅.

이이채가 울면서 미안하다는 말을 되풀이하며 이마를 아래로 계속 내려쳤다. 이이채의 이마에 붉은 핏물이 올라왔다. 그 모습을 본 나는 칼을 떨어뜨렸다. 요란한 소리를 내며 칼이 돌바닥을 굴렀다.

내가 이솔 선배와 함께 있었을 때 보았던 환상에 빠져 있던 조각이 이제야 맞춰졌다.

제물을 올리는 절이 아니었다. 그건 한경이에게 미안함을 표현하는 절이었다.

- 미안해, 미안해, 경이야.

한경이의 발목에 있던 끈이 저절로 스르륵 풀어졌다. 한경이가 특유의 매끈한 발걸음으로 걸어 나왔다. 툭, 하면 저 천길만길 아래로 떨어질 것 같지만 언제나 외줄을 잘도 타고 있는 그 걸음.

한경이가 이이채의 앞에 섰다. 그러곤 울고 있는 이이채를 달래듯 입을 열었다.

- 찾아올 때까지 기다리고 있었어, 너를.
- 경이야….

이이채가 고개를 들고 한경이를 쳐다보았다. 그때 한경이의 눈빛이 어땠는지 나는 영영 알 수 없었다. 도대체 어떻게 시선 하나로 사람을 그렇게까지 미치게 만들어 버린 건지.

- 용서해 줘, 경이야!

이이채의 말에 엄마의 얼굴에 애달픈 미소가 번졌다. 엄마가 그런 표정도 지을 수 있다는 걸 나는 처음 알았다.

 - 나도 정말 그러고 싶다, 이채야. 너에게 아무런 빚도 지우지 않고 용서하고 싶어. 하지만….

엄마의 시선이 위를 향했다. 엄마가 머리 위에 모시고 사는 그 신.

자신의 것을 죽이려 든 이이채를 엄마의 신은 용서하지 않을 게 분명했다. 엄마의 뜻을 알아챈 이이채가 고개를 주억거렸다.

 - 안다, 알아. 나도 알아.

맞닿은 두 머리. 이이채는 웃었다.

 - 하지만 너에게 용서받지 않고는 살 수 없으니까.

그 눈동자에는 이름 그대로 이 세상의 것이 아닌 이채가 어렸고. 그다음엔,

콱.

작고 날카로운 칼이 소리도 없이 박혔다. 아까 내가 손에서 떨어트린 그 칼이었다. 이이채가 숨을 들이마셨고 목에 박힌 검이 호흡을 따라 바르르 움직였다. 피가 울컥이며 아래로 쏟아졌다. 핏물에선

에피소드 3. 송신(送神)

아주아주 달콤한 냄새가 났다.

엄마는 놀라지 않았다. 얼핏 애틋한 미소가 얼굴에 스쳐 지나갔을 뿐이었다. 처음부터 이렇게 될 줄 알았다는 듯.

엄마는 죽어 가는 이이채를 끌어안았다. 아기를 재우는 것 같은 몸짓이었다.

기억이 아득해지는 기분이 들었다.

이이채는 결국 한경이를 죽이지 못했다. 오히려 자신의 죽음으로 엄마에게 용서를 구했다. 그렇게 하고도 엄마를 잊지 못해 이 학교에 귀로 남은 것이다. 인간의 모습을 잃고 짐승의 모습으로 변해 가면서까지.

이채는 자신의 빚을 이미 갚은 셈이었다. 내가 김기율의 꼬드김에 넘어가 이채를 죽였더라면 그 죗값이 오히려 나에게 옮겨 왔을 것이다.

'그 육시럴 것들이…!'

교묘하게 진실을 숨기고 나에게 업을 대신 지우려는 속셈이었다. 그 또한 네 몫의 벌이다, 라고 말하면서. 사람을 사람으로 보지 않는 신들이 할 만한 소리였다. 그런 것들에게 내가 차린 상을 올릴 생각은 추호도 없었다.

나는 바닥에 다시 떨어진 작은 칼을 보았다. 작

고 반짝이는, 김기율의 새빨간 혀 아래서 나온 그 칼. 이채의 목숨을 앗아 간 칼.

순간 뜨거운 무언가가 목 안에서 울컥였다.

안에서 솟구쳐 나오는 것을 세게 내뱉었다. 그러자 단단한 무언가가 목구멍에서 나왔다.

… 새빨간 자두.

손에 들린 싱싱하고 붉은 자두는 꼭 핏자국처럼 보였다. 어느 더운 날에 엄마가 내 손에 쥐여 주고 입에 넣어 주었던 자두. 농익은 나머지 터져 버린 얇은 껍질 밖으로 흐르던 진득한 즙과 향기.

- 은파야.

귀에 익은 목소리였다.

멍한 내 시야에 한 쌍의 새하얀 발이 보였다. 알아채지 못할 리가 없었다. 나와 똑같은 그 엄지발가락을 내가 몰라볼 리가 없었다.

육시럴 것이라 불렸던 우리 엄마.

눈길 한 번에 사람들의 혼까지 다 꼬시고 말 우리 엄마.

나에게 무거운 추를 넘겨준 우리 엄마.

'한경이'라는 이름이 적힌 명찰을 단 우리 엄마가, 나와 같은 나이의 얼굴로 내 앞에 서 있었다.

에피소드 3. 송신(送神)

엄마.

- 나는 너를 낳기 전에 꿈을 하나 꿔. 하늘에서만 자라는 나무에 열린 새빨간 자두를 한 입 커다랗게 베어 먹는 그런 꿈을 말이야. 시큼했는지 달았는지는 잘 모르겠고. 그냥 그 자두가 있었고 저절로 손을 올릴 만큼 예뻤으니 저걸 꼭 먹어야겠다는 생각밖에는 안 들었어.

엄마.

- 너를 가진다는 건 그런 의미였어. 하지만 그래선 안 됐던 거지. 너는 가장 예쁘고 가장 좋았으니 너를 여기에 데려왔으면 안 됐어.

엄마!

- 내가 열아홉에 죽지 않은 이유는 아마 내 미래에 네가 찾아온다는 걸 알았기 때문일지도 몰라. 글쎄, 그때의 나는 어떨까. 너를 많이 예뻐해 주게 될까? 넘칠 만큼 사랑해 주게 될까? … 만약 그렇지 못하더라도, 이해해 줘. 물론 이해하지 못하겠지만. 이해해 줘.

열아홉 먹은 엄마 한경이가 나에게 그렇게 말했다. 앞으로 나를 낳고 먹이고 길러 줄 나의 엄마가 그렇게 말했다. 나는 고개를 들어 올렸다. 나의 엄마, 한경이와 엄마의 선택과 그 선택으로 만들어질 우리의 미래가 흘러가는 것이 보였다.

- 네가 있어서 언제든 죽어도 괜찮다고 생각할 수 있었어. 다른 누구보다, 다른 무엇보다, 심지어는 나 자신보다 너를 더 믿었으니까.

크게 벌어진 내 눈에 나의 엄마 한경이의 말이 쏟아져 들어왔다.

나를 믿었어?

혼자서는 아무것도 하지 못하는, 그래서 죽은 엄마까지 찾아온 나를 믿었어?

- 믿었지. 너는 내 모든 것이었고 그래서 차마 내 손으로 안아 줄 수도 없는 존재였으니까.

왜. 왜.

나는 사랑 하나면 됐는데. 엄마가 신을 사랑하는 마음에서 딱 손톱만큼만, 그만큼만 나한테 덜어 줬으면 됐는데.

엄마는, 한경이는 대답 대신 그저 웃어 보였다.

살아 있을 때는 한 번도 보여 준 적이 없는 미소였다. 나는 그제야 깨달았다.

엄마는 모든 사랑과 복과 온갖 좋은 것들을 나를 이 세상에 낳는 데 다 써 버려서, 나에게 더 줄 것이 없었다는 것을.

그래서 경이롭던 내 엄마 한경이의 안에는 죽음

에피소드 3. 송신(送神)

만이 남게 되었다는 것을.

한경이의 길고 긴 장례식의 시작은 나였다.

나, 그런 거 원하지 않았어!

나는 열아홉의 엄마에게 말한다. 하지만 엄마는 아까처럼 웃을 뿐이다.

- 응. 내가 원했지. 그랬어. 너에게 나의 좋은 것을 다 주고 싶었어.

그래서.

엄마의 끝은 나의 시작이었기에, 우리는 서로를 마주 보면서도 그리워할 수밖에 없었다.

영영.

"최은파!"

새된 목소리에 나는 퍼뜩 앞을 보았다. 발톱을 세운 이이채가 나를 향해 하악질을 했다.

"알아들었어?"

나는 엄마의 품에서 죽어 가던 이이채를 떠올렸다. 그렇게 끊어진 숨 너머로 이이채의 하악질이 이어졌다. 나의 이이채는 여기에 이렇게 살아 있었다.

"뭐…."

"보여 줬으니까 이제 무슨 일을 해야 할지 알게 됐을 거 아냐!"

날카로운 이채의 이빨이 번뜩였다. 나는 순간적으로 뒤를 돌아보았다.

불길이 저 위까지 치솟아 있었다. 매캐한 불과 재의 냄새가 나를 훅 덮었다. 우리는 이제 하늘 전체에 고여 있는 그것의 존재를 느낄 수 있었다.

전설은 지금 이뤄져야만 했다.

나는 문득 내 손에 들린 물건을 보았다.

자두 금방울. 순수한 금을 얇게 펴서 자두 모양으로 만든 방울이었다.

채를 쥐고 흔드니.

짤랑짤랑짤랑

금방울 소리에 주변을 감싸고 있던 끈적한 안개가 썰물처럼 훅, 뒤로 물러갔다.

그 광경을 보니 나는 울고 싶어졌다. 외할머니가 한번 말해 준 적이 있었다. 무구를 만들려면 온 동네를 돌아다니며 집집마다 재료로 쓸 쇠붙이를 하나씩 받아야 한다는 것을. 마을 사람들 집에서 나온 쇠붙이들은 뜨거운 불 속에서 하나로 녹아 들어가 무구가 되었다.

에피소드 3. 송신(送神)

내 손에 들린 첫 무구인 금방울은 엄마의 인생에서 조금, 할머니의 인생에서 조금, 이이채의 인생에서 조금을 빌려와 녹인 것이었다.

그것의 소리는 그래서 이이채의 울음소리를 닮았고 할머니의 호령을 닮았고 엄마의 기나긴 침묵을 닮았다.

나는 힘을 주어 금방울을 울렸다. 나의 변화를 가장 먼저 눈치챈 이는 다름 아닌 기율 선배였다.

"군식구처럼 얹혀서 그저 꿀만 빨던 버러지 같은 게, 어디서 감히."

분노가 기율 선배의 온몸에서 뿜어져 나왔다. 머리카락이 쭈뼛 곤두서고 피부가 징징 울렸다. 이이채가 내 앞에 서서 꼬리를 부풀리며 이쪽으로 다가오는 잡것들을 물리쳤다.

나는 이채가 닦아 준 길로 한 걸음 나섰다. 손에 들린 금방울이 잘랑거렸다.

일월성신을 찾고

선배가 불러낸 목소리들이 노래를 시작했다. 기율 선배의 손에 미끄러지듯 일월도가 잡혔다. 하지만 여기서 멈출 수는 없었다. 안에서부터 목소리를 끌어 올렸다.

"찾긴 뭘 찾아! 그딴 일월성신은 내가 다 죽여

버렸다!"

내 목소리에 머리통들이 바르르 떨렸다.

땅과 하늘을 굽어보고

카악, 퉤 침을 뱉었다.

"땅은 꺼지고 하늘은 무너졌다, 뒤진 새끼들이
말이 많아!"

내 말에 기율 선배가 한 발짝 앞으로 나와 나를
노려보았다. 치뜬 흰 눈에 터질 것 같은 기운이 어
렸다. 기율 선배가 돼지머리 옆에 꽂혀 있던 촛불
을 집어 들었다. 그걸 위로 훅 치켜올린 기율 선배
가 새되게 외쳤다.

"그래, 네가 죽을 자리는 잘 봐 두었어? 어떠냐.
너도 네 어미처럼 절벽에서 뛰어내려 북망산에
갈 팔자더냐?"

기율 선배가 내뿜은 큰 숨을 따라 촛불이 확 커
졌다. 장대에 옮겨붙은 불은 위로 솟아올랐고 오방
색 깃발을 따라 마치 폭죽처럼 아래로 주르륵 흘러
내렸다. 나는 순식간에 불길에 휩싸인 주변을 바라
보았다.

불길은 기율 선배의 숨결에 맞추어 움직였다. 서
쪽에서부터 시작된 발걸음을 따라 마른 두엄을 건
너 결국 이곳 소원 비는 자리에까지 온 불길들은

에피소드 3. 송신(送神)

이제 제물을 원했다. 공중에 떠 있는 목불이 이리 저리 움직였다. 나는 기율 선배와 그 목불을 번갈아 바라보았다. 이채가 쉭쉭거리는 소리를 내며 나를 보았다.

"내가 먼저 갈 테니까 잘 봐!"
"뭐?"

내가 단음절의 질문을 맺기도 전에 이채가 앞으로 뛰쳐나갔다. 이채의 반지르르한 털이 내 시야에 궤적을 남겼다. 타오르는 불 속으로 들어간 이채가 제 몸을 그 안에서 마구 굴렸다. 그러자 이채의 검은 털이 금세 타올랐다.

시뻘게진 이채의 작달막한 몸이 위로 솟구치더니, 목불의 다리를 옴팡지게 깨물었다.

탁 잡아채고 꿍 떨어지고 억 숨이 넘어가고

그 희디흰 발을 보자 부드러이 맵시 있게 뼈들을 밟고 오는 발을 보자

눈알로 장식된 목걸이 발라낸 힘줄과 투명하게 얇게 버혀 낸 피부로 지은 그 모습을 보자

목불이 몸 전체를 뒤틀었다.

하지만 이채의 털이 옮긴 불은 좀처럼 꺼질 기미가 보이지 않았다.

쾅! 쾅! 쾅!

긴긴 시간 동안 신당 안에 처박혀 공물을 받아먹기만 해서 번드르르하게 기름이 낀 나무가 금방 타들어 가며 부서지는 요란한 소리를 냈다.

키아아악!

목불의 안에서부터 밀려 나오는 소리가 몇 겹으로 겹쳐서 울렸다.

순식간이었다. 거대한 목불이 타올라 해체되었고 그 안쪽에 있던 새하얀 뼈가 드러났다. 기율 선배의 시선이 아주 잠깐 그쪽을 향하는 동안 생긴 틈을 나는 놓치지 않았다.

"내가 바로 한경이의 딸이야!"

득달같이 달려든 나는 선배의 몸에 콱 갈고리를 꽂듯이 매달렸다.

"내가, 한경이의 딸이라고!"

우리 엄마, 한경이가 좋은 것만을 모조리 녹여 만든 나, 최은파.

손에 들린 금방울을 마구 흔들어 댔다.

"작두 위에서 걸음마를 하고 신들의 품에서 낮잠을 잤던 나란 말이다! 어디, 내 상에 낯짝을 들이밀어!"

다 꺼져. 다 꺼져 버려!

에피소드 3. 송신(送神)

미친 듯이 외치면서 나는 자두 금방울을 김기율의 얼굴에 대고 확 그었다.

쨍!

날카로운 파열음이 나면서 서늘한 얼굴에 틈이 생겼다.

"아."

벌어진 틈 사이로 숨겨져 있던 빽빽한 눈들이 드러났다. 기율 선배가 손으로 얼굴을 가렸지만 금방울의 날이 할퀸 상처의 틈으로 또렷하게 드러난 눈알들을 감출 순 없었다.

눈알에서 흐르는 피가 턱을 타고 떨어졌다. 기율 선배가 나를 노려보았다. 분노가 형형히 어린 눈알들은 금방이라도 밖으로 튀어나올 것처럼 팽창한 상태였다. 불뚝불뚝 움직이는 그 눈알들이 모조리 나를 쳐다보았다.

뚝.

기율 선배의 핏방울이 땅바닥을 적셨다. 땅이 흔들렸다. 마른 땅을 밟고 온 화들이 우리 주위를 쭉 둘러싸는 게 느껴졌다. 기율 선배가 내 쪽으로 다가왔고 나는 돌아온 이채를 품에 안은 채로 선배를 마주 보았다.

이제 무엇도 기율 선배를 막을 수 없었다. 이곳의 하늘과 땅이 모두 그 손안에 있으니. 하지만 나는 어떤 상황이 닥치더라도 감내해야 했다. 30년 전의 이이채가 그러했듯.

　기율 선배가 손을 들어 올렸고 동시에,

　뎅!

　종소리가 들렸다.

　그건 자정을 알리는 종소리였다. 동시에 구간제의 끝을 알리는 소리이기도 했다. 기율 선배가 하늘을 올려다보았다. 조용한 번개가 쳤고 거대한 구름의 모양새가 뒤틀렸다. 번쩍이는 불길이 하늘에서부터 도시 사방으로 떨어졌다.

　하늘이 갈라지는 소리가 들렸다. 쩌적, 쩍.

　"아."

　쏴아아아!

　구간제의 끝.

　산도 땅도 불도 제자리로 돌아가야 할 시간이었다. 이 학교 상공에 고여 있던 무언가가 빗방울로 변해 쏟아져 내렸다. 차가운 비에 정신이 번쩍 들었다. 새하얀 빗줄기 사이로 기율 선배의 모습이 보였다.

에피소드 3. 송신(送神)

쏟아지는 비에 불길이 사그라들었고 기율 선배는 가만히 하늘을 노려보았다.

모든 것을 다 허락받은 존재는 없다. 신에게는 신의 세계가 있고 그곳만의 법칙이 있기에, 다가갈 수 없는 금줄이 쳐져 있다는 듯 기율 선배는 이쪽으로 넘어오지 않았다. 그러나 선배의 목소리는 경계를 쉽게 넘어왔다.

"… 너, 발 닿은 곳이 칼 위인 줄도 모르고 제멋대로 날뛰는 미친 짐승아. 작두 위에서 고꾸라지고 울부짖으면서 기어 다닐 때가 올 것이다."

두 다리가 잘린 채 손톱이 빠지라 바닥을 긁고 있는 나의 모습이 예지처럼 머릿속을 스쳐 지나갔다.

그건 아주 강렬하고 전지적인 감각이었다.

"그러니 그날을 위해 살아라. 네 어미가 죽고자 산 것처럼."

피할 수 없는 운명을 언도한 기율 선배를 향해 나는 고래고래 소리를 질렀다.

"가 버려! 당장 꺼져! 내 길에 손을 대면 그 손가락을 다 부숴 버릴 거야! 아득아득 씹어 버릴 거라고!"

목에 통증이 느껴졌지만 계속해서 외쳐 댔다.

결국엔 내 목소리밖에 남지 않게 될 때까지.

눈을 깜빡였다. 하얗게 쏟아지는 빗줄기 사이로 손에 들린 자두 모양 금방울이 번쩍였다.

순간 내 양다리가 미친 듯이 아파 왔다. 누군가 망치로 무릎부터 발목 사이를 조각조각 부수는 느낌이 들었다.

차가운 숨을 들이마시며 나는 앞으로 푹 쓰러졌다. 온몸의 힘이 빠져나간 듯했다. 벼락을 맞아 엉망이 된 장대와, 불에 다 타 버린 등과 축원문 조각들, 뒤집어진 상에 떨어진 돼지머리가 이리저리 굴렀다.

굿자리를 안개처럼 뒤덮고 있던 것들은 바람처럼 휘돌아 나가 흔적 없이 사라졌다.

후우우.

나는 긴 숨을 내쉬었다. 손에 들린 자두 금방울이 짤랑이는 소리를 냈다.

그게 나에게 남겨진 것이었다. 결국은 받아들여야만 하는 숙명과도 같은 것.

뭔가가 껍질을 깨고 나왔지만 그 정체는 아직 묘연했다. 내 외할머니도, 엄마 한경이도 분명 이런 감각을 느꼈을 테지만 아마 우리에게 뿌리내린 것은 각기 다른 업일 것이다. 업의 이름과 본질은 그것을 오롯이 짊어진 본인만이 알 수 있다. 그 누구도 대신 져 줄 수 없는 무게다.

에피소드 3. 송신(送神)

아마 평생에 걸쳐 알아 가야 할 그런 무게. 하늘보다 넓고, 바다보다 깊은.

그리고 나는 빛보다 밝은 노란 눈동자를 보았다.

"네가 정말로 한경이의 딸이야? 그랬어? 응?"

고양이도 울 수가 있을까.

하지만 분명히 지금 이채는 울고 있다. 나는 겨우 손을 뻗어 이채의 까만 비로드 같은 털을 만졌다. 내가 먹이고 내가 키운 것이었다. 나에게로 다가온 이채를 향해 타박하는 투로 대답했다.

"야…. 네가 먼저 알아봤어야 하는 거 아니야? 우리 엄마를 그렇게나 좋아해 놓고 왜 나는 못 알아봐? 내가 그렇게 엄마랑 안 닮았어?"

이채가 내 눈물 자국을 까끌한 혀로 박박 핥았다.

"잡귀로 오래 살다 보면 인간이었을 때의 기억들은 잊게 돼. 정말 간직하고 싶은 기억이라도 말이야. 그런데, 네가 나를 다시 이이채로 만들어 줬잖아."

나는 양 갈래 머리를 하고 있던 이채를 떠올렸다.

"그래서 겨우 기억해 낼 수 있었어. 내가 죽어서라도 지키고 싶었던 게 뭐였는지."

"우리 엄마가 정말 제멋대로잖아. 나한테도 그랬어."

투덜거리는 듯한 내 말에 이채가 웃었다.

"그게 경이의 매력이잖아. 아마 그런 제멋대로인 마음으로 내가 자기를 신당에 묶어 두었을 때도 봐줬던 거겠지."

"하지만 엄마가 그런 사람이라 네가 대신 죽어 버렸잖아. 정말…, 그래도 괜찮은 마음이었어?"

내 말에 이채가 실쭉 웃었다.

"그렇게 한 덕분에 경이의 인생에 가장 깊게 파고들 수 있었잖아. 그래서 너도 만날 수 있었던 거고. 내가 갈 수 있는 최대치까지 간 거고 날 수 있을 만큼 난 거야."

그렇게 말할 수 있는 자의 마음을 나는 아직 몰랐다.

"새로운 세계에 온 걸 환영해, 은파야."

이채가 부르는 내 이름은 우리 엄마가 부르는 것과 꼭 같은 방식으로 울렸다. 동그랗게 퍼져 나가는 그 은색 파동의 흔들림.

"너랑 함께여서 정말 다행이야."

진심으로 한 말이었다.

김기율의 피로 전설은 완성됐다. 그렇게나 그것의 사랑을 받는 김기율의 피가 전설을 완성시키지 못할 리가 없었다.

에피소드 3. 송신(送神)

일백 하고도 여든일곱의 기원은 이루어졌다. 그리고 하나의 귀를 살렸다.

또한 나의 삶도, 결국엔 건져 냈으니. 자두 금방울이 다시 한번 내 손안에서 흔들렸다.

이제 우리 엄마 한경이도, 이채도,

그리고 나 최은파도,

맞닿아 돌아가는 삶과 죽음의 길 위에서 각자의 줄타기를 해야 할 차례였다.

작가의 말

본격적인 작가의 말은 처음으로 쓰기에 무슨 내용을 담아야 할지 조금 고민했습니다.

《영매 소녀》는 구슬을 실에 꿰어 목걸이를 만들듯 한 번 정도는 보고 싶었던 장면들을 꿰어 만든 이야기에 가깝습니다. 읽으실 때 어떤 장면들이 눈앞을 스치고 지나갔다면 작가로서 소기의 목적은 달성한 셈입니다.

배경인 Y여고의 모델은 제가 다녔던 모교입니다. 건물의 모양새를 빌려 왔습니다. 또한 제가 사는 곳에는 실제로 매해 보릿대 태우는 냄새가 나는데 그 향기가 꽤 좋습니다.(저만 그렇게 느끼는 것일 수도.)

여름에 구상했던 이야기를 되돌아온 여름에 끝낼 수 있어서 기쁩니다.

이 이야기를 읽어 주신 독자분들께 감사드립니다. 서늘한 감촉과 재의 향기를 함께 즐겨 주시기 바랍니다. 또한 언제나 저와 제 이야기를 지지해 준 가족에게 감사를 표합니다. 마지막으로 이야기를 기획하고 함께 진행한 반소현 스토리 PD님에게도 감사의 말씀을 전합니다.

작가의 말

프로듀서의 말

박에스더 작가님을 2021년 '메가박스플러스엠×
안전가옥 스토리 공모: 호러'를 통해 처음 만나 뵙게
됐습니다. 작가님께서 보내 주신 단편소설 〈밀실리
이야기〉는 결심에 올랐지만, 아쉽게도 수상을 하진
못했습니다. 공모전은 새로운 작가님을 만나기 위한
안전가옥의 의지이고 노력입니다. 수상 여부를 떠
나 많은 작가님을 뵙고 이야기를 나누면서 '이 작가
님과 이런 작품을 한다면 어떨까?'라는 상상을 펼칠
수 있고, 이를 통해 얼마든지 새로운 이야기를 만들
수 있기 때문입니다. 《영매 소녀》 또한 그러한 과정
을 거쳐 나오게 된 이야기입니다.

최은파는 찐따로 분류되는, 영매로서의 자기 능력을 부정하고 숨기고 싶어 하는 외로운 열일곱 소녀였습니다. 하지만 성불하지 못한 검은 고양이 이채를 만나 성장하는 가운데, 자신을 이용하려는 힘에 맞서 싸우면서 운명을 정면으로 마주합니다. 독자분들께서 책을 덮었을 때, 최은파가 누구 못지않은 영웅이라고 생각해 주시길 바랐습니다. 고통을 참으며 스스로와 싸우고 도약하는 인간에게는 영웅이 될 자격이 있으니까요.

이야기는 살아 있는 생물 같아서 변화하고 성장합니다. 박에스더 작가님과 살아 있는 이야기를 만들어 가는 과정이 저에게는 즐거운 여정이었습니다. 10개월이란 짧지 않은 시간 동안 작가님께서는 여러 번 피드백을 반영해 땀과 눈물이 담긴 원고를 완성해 주셨습니다. 출간을 진심으로 축하드립니다.

우리가 흔히 팔자라고 부르는 것에 자기만의 방법으로 맞선 은파와 특별한 친구 이채의 이야기가 독자분들께 재미와 감동을 드릴 수 있었으면 합니다. 더불어 지방 소도시의 여고에 깃든, 발랄하면서도 광기 어린 공기가 오롯이 전해져서 오컬트 학원물에 대한 독자분들의 기대를 충족시켜 드릴 수 있길 바랍니다.

전(前) 안전가옥 스토리 PD
반소현 드림

프로듀서의 말

영매 소녀

지은이	박에스더
펴낸이	김홍익
펴낸곳	안전가옥

기획	안전가옥
콘텐츠 총괄	이지향
프로듀서	반소현 · 윤성훈
	고혜원 · 김보희 · 신지민 · 이은진
	임미나 · 조우리 · 황찬주
퍼블리싱	박혜신 · 임수빈
편집	이혜정
디자인	금종각
경영전략	나현호
비즈니스	이기훈
서비스 디자인	김보영
경영지원	홍연화

출판등록	제2018-000005호
주소	(04779) 서울특별시 성동구 뚝섬로1나길 5,
	헤이그라운드 성수 시작점 201호
대표전화	(02) 461-0601
전자우편	marketing@safehouse.kr
홈페이지	safehouse.kr
ISBN	979-11-91193-67-1
초판 1쇄	2022년 9월 27일 발행
초판 2쇄	2022년 12월 15일 발행